코리아 블루

코리아 블루

초판 1쇄 · 2020년 12월 4일
초판 2쇄 · 2021년 6월 10일

지은이 · 서종택
펴낸이 · 한봉숙
펴낸곳 · 푸른사상사

주간 · 맹문재 | 편집 · 지순이 | 교정 · 김수란
등록 · 1999년 7월 8일 제2－2876호
주소 · 경기도 파주시 회동길 337－16 푸른사상사
대표전화 · 031) 955－9111(2) | 팩시밀리 · 031) 955－9114
이메일 · prun21c@hanmail.net / prunsasang@naver.com
홈페이지 · http://www.prun21c.com

ISBN 979－11－308－1724－8 03810
값 16,000원

서종택 산문집

작가의 말

바이러스가 세상을 바꾸고 있다. 신체적 거리는 사회적 거리를 만들고 사회적 거리는 우리를 격리와 단절로 내몰고 있다. 광화문의 촛불이 혁명으로 타오른 지 3년, 그러나 지금의 우리 사회는 다시 불신과 반목으로 치닫고 있다. '코로나 블루'가 지구촌을 덮치고 있으며, 방역 선진 코리아는 또 다른 정치 후진성 악성 코로나에 깊은 우울에 빠져 있다.

이 책은 나의 세 번째 산문집이다. 『풍경과 시간』『갈등의 힘』에 보이는 멜랑콜리나 비평적 언사는 다소 깊어졌고 볼메어졌다. 어느 시대이고 위기 아닌 때 없었으며 이 위기의식이야말로 사회통합이나 역사 발전의 원동력이라고는 하지만 그 역설을 즐길 여유도 시간도 없어졌다.

한 어절의 은유를 위해 밤을 새우는 시인이나 하나의 메시지를 위해 백 줄의 허구를 만들어내는 소설가의 심미적 이상은 이제 사치가 되었는가. 이 책은 그러므로 비애의 용량도 상상력의 용량도 함께 줄어만 가는 나의 그동안의 우울한 날들의 기록이다.

2020년 가을
서종택

차례

차례

제2부

차례

제3부

제1부

꽃비로 오는 4월

자연의 풍경들은 순간순간 모습을 바꾸어 우리 앞에 나타났다가 사라진다. 그러나 그것들은 바라보는 이의 심상에 따라 하나의 해석된 풍경으로 변화한다. 우리 앞에 놓인 풍경들은 그래서 정의되어야 할 대상이 아니라 사유되어야 할 대상으로 다가온다.

서양의 어느 시인은 4월을 "가장 잔인한 달"이라 했다. "죽은 땅에서 라일락을 키워내고 봄비로써 잠든 뿌리를 뒤흔드는" 일이야말로 또 다른 형태의 저주라는 것. 소생에서 소멸을 보는 시인의 절망감은 곧 현대문명의 황폐화에 대한 역설일 것이다.

우리에게 4월은 유례 없는 생령 수난의 계절이다. 4 · 3,

4 · 19, 세월호－고통과 환희와 절망의 시간들로 얼룩져 있다. 그리하여 제주의 어떤 화가에게 4월은 "동백꽃 지"고 "꽃비" 내리는 슬픔으로 묘사된다. 어떤 시인의 4 · 19는 "알맹이만 남고 껍데기는 가라"고 외치게 했고, 어떤 노래는 "천 개의 바람이 된" 영혼으로 여객선 침몰 희생자를 추모했다.

'꽃비'나 '껍데기'나 '바람'은 작가나 시인들이 자연에서 찾아낸 비유이다. '꽃비'는 비가 꽃잎처럼 흩뿌리듯이 내리는 것을 가리키기도 하고 꽃잎이 비가 내리듯 지상에 뿌려지는 것을 비유적으로 이르는 말로 풀이한다. 비 오듯 지는 꽃이나 꽃처럼 떨어지는 비를 두루 가리키기도 하는 이 어휘의 다의성이 재미있다. 제주의 그 화가에게 4월은 동백의 꽃대가 문득 잘려 떨어져 꽃비로 흘러내리는 계절, 자연이 역사가 된 풍경이었다. 초록의 이파리와 함께 진분홍으로 떨어지는 목 꺾인 동백 한 송이는 제주 4 · 3의 은유적 색채였다. 그 선연한 핏빛 동백은 상황의 비극성과 처연함을 동시에 보여준다.

강요배가 그리는 제주는 대체로 칙칙하고 무겁고 거칠지만 대상에 대한 외경심이나 경건함은 무겁다. 그가 그리는 하늘은 유난히 높고 넓으며 구름들은 화면의 구성에 따라 측량할 수 없는 슬픔이나 고통의 크기로 떠 있다. 하늘은 어스름에 차 있고 빗물은 비애처럼 흐른다. 검은 하늘과 누런 구름은 대지의 질서 혹은 한 생의 장엄한 일몰을 상기시켜준다. 그가 그리는 북촌의 팽나무와 한림의 까마귀들은 4 · 3의 슬픔으로 전이된다. 이처럼 작품 속의 자연에 대한 해석의 근거를 풍토나 역사에 관련지어 보는 것이 매우 자연스러워진다.

그래서 지금 우리에게 4월은 꽃비로 내린다고 말한다. 4월은 화사하지만 꽃비는 슬프다. 화사한 비탄으로 떨어져 내리는 꽃비의 역설은 마침내 광장을 가로질러 내닫던 젊은 생명력으로 전이되며 또한 그것은 거대한 여객선의 동체 안에서 암흑의 물길 속으로 침몰해가던 어린 생령들의 절규로 확장될 수밖에 없다.

생성과 부활의 4월은 소멸과 절망을 보는 역설의 계절이다. 자연의 책은 우리에게 생성과 소멸 혹은 시간의 순환 원리를 가르쳐주지만, 그것들은 보는 이의 번역에 따라 흐트러진 모습은 하나의 형식을 갖추게 될 것이며, 산야에 흐드러지게 피어나는 꽃들이나 도심의 먼지나 광장의 시위대 풍경들은 관찰자인 우리 마음의 상태에 따라 다시 번역되고 해석될 것이다.

은유는 세계를 읽어내는 또 다른 방식이다. 작가나 시인이 한 줄의 은유를 만들기 위해 기울인 열정만큼이나 그것들을 읽어내는 유추적 사고 또한 중요하다. 상황에 대한 표현의 우회성이 비유나 상징의 덕목이듯이 대립에서 타협으로의 이동

이야말로 오늘의 우리가 대응해야 할 정치의 기본 자질일 것이다. 직설과 반목의 언어는 비유로써 비로소 승화된다.

4월은 꽃비로 온다. 그림 속의 꽃이나 시 속의 바람에서 4월을 읽어내는 심미적 과정은, 그러므로 슬픔이나 분노를 여과하기 위한 우리들의 또 다른 자기 구원의 방식일 것이다.

(2019)

종전 없는 평화

북미회담 일정이 지연, 취소, 재개를 반복하고 있다. 협상을 위해 방북을 서두르던 미국 측 국무장관의 방북 취소가 발표되자 남측은 당황하고 중국 측은 머쓱해지고 당사국인 북은 침묵에 들어갔다. 이른바 '빈손'과 '역습'의 공포 때문이다. 여기에 남북회담 준비를 내세워 남측은 급히 북에 특사를 보내 중재에 나설 계획을 세우는 등 발길이 바빠졌다. 판이 깨져서는 안 된다는 데 대한 공통의 상황 인식 때문일 것이다.

현 북미회담의 문제는 상호 불신에 있다. 북측의 선종전 선언과 미측의 선비핵화가 맞서 있는 이 대립은 우리에게 정치와 전쟁의 생리와 그 상호성에 대한 인식을 새롭게 해준다. 이미 남북 · 북미회담에서 종전과 비핵화를 다짐한 마당에 그 조건의 선후가 이렇게 중차대한 문제인가에 대해 되묻게 된다. 싸움 그만하는 선언이 먼저인가, 손에 든 칼을 버리는 게 먼저인가는 누가 봐도 전자가 맞다고 할 것이지만, 약속은 당장 할 수 있어도 무기 또한 도로 주워 들면 그만이라는 점에서 양측의 고충이 있을 것이다. 말은 쉽지만 흉기를 멀리, 되찾기 어려운 곳으로 버리는 일은 말처럼 쉽지 않다.

전쟁은 그 내용만큼이나 복잡한 단서들로 구성되어 있다. 전쟁 행위의 일시적 또는 잠정적 중단이 휴전이라면, 정전은 적대 행위의 중단이고, 종전은 교전 당사국들이 전쟁을 종료시켜 적대관계를 해소하고자 공동으로 의사를 표명하는 것, 강화협정이나 휴전협정과 구분하여 종전 선언이라고 표현한다. 종전 선언은 전쟁을 종료한다는 점에서 전쟁 상태인 '정전'과 '휴전'과는 차이가 있으며, 전쟁의 원인을 해소하거나 재발을 방지하는 내용을 포함하지 않는다는 점에서 강화협정이나 평화협정과는 다르다.

선언과 실천, 말이 먼저인가, 행위가 먼저인가에 대한 이 단순한 의문 속에는 그러나 양측의 잊을 수 없는 과거와 불안한 미래가 숨어 있다. 미측은 그동안 북측의 수많은 협약 위반 사례로 인해 불신이 쌓여 있고, 북측 또한 자신들의 무장해제에 따른 미측의 무단 공격에 대한 불안이 있을 것이다. 싸움을 끝내자는 선언이 없었으므로 예측 불가능한 공격에 대비하기 위한 무기를 먼저 버릴 수는 없기 때문이다. 미측 또한 선언이 쉽지 않은 것은 그 선언에 부수되는 후속 조치 때문일 것이다. 전쟁 끝났으니 그동안 함께했던 동맹군과 그 기지의 존재를 부정해올 것이기 때문이다. 양측 모두 신뢰 문제에서 엇갈린다. 마치 닭이냐 달걀이냐의 싸움으로 번져 있는 이 소모적인 분쟁은 그 논거의 합리성 못지않게 양측이 깊은 불신의 늪에 빠져 있는 것 같다.

전쟁 발발 68년, 분단 73년의 한국 현대사는 전쟁의 폐허를 극복하고 경제와 민주의 성공사례로 자리매김한 자긍심 못지않게 지척에 둔 부모형제조차 마음대로 만나지 못하는 모순된 상황 속에 있다. 이제 우리는 한반도의 평화를 인식하는 데 민족자결이라는 오래된 명제를 떠올려야 할 시기에 이르렀다. 3 · 1운동 당시의 사상적 배후로도 지목되는 미국 대통령 우드로 윌슨의 평화론은 지금도 우리에게 유효하다. 민족 문제는 그들에게 맡기자는 소박한 이론에서 출발하였지만 그 파장은 컸다. 파리강화회의에서 윌슨의 민족자결론은 강대국들에 의해 왜곡되는 사례를 남기기도 했지만 당시 식민지 조선의 독립에의 열망에 불을 지폈다.

지금 북미는 각각 회담의 승자이기를 바라고 있다. 그것은 태도의 문제이지 결과의 문제는 아닐 것이다. 평화협상에 승패는 없다. 남북미중이 각각 승자로 남기만을 바란다면 지금의 휴전상태에서 갈등과 대립은 계속될 것이다. 그리하여 평화란 휴전 속에서만 가능하다는 역설만을 낳을 뿐이다.

이제 평화협상가 윌슨의 명제－승리가 없는 평화여야 한다. 균등한 힘의 상황에서만 평화는 계속된다－에 남북미중은 동의해야 할 때이다. 요즘 북미 간의 종전은 존재하지 않는 약속이요 휴전의 다른 표현일지도 모른다. 종전 없는 평화가 가능한지, 북미와 남북은 이 우매한 질문에 답할 수 있어야 한다.

(2018)

당신의 그때

영화 〈1987〉이 화제다. 한 대학생의 고문치사 사건을 다룬 이 영화는 개봉 한 달 만에 700만 관객을 넘어섰다. 일반 시민은 물론 정계 · 종교계 · 학계 등 사회 각층의 다양한 인사들이 다투어 관람하여 어지러웠던 시절의 슬픈 현대사를 회상했다. 많은 사람들이 30여 년 전의 그 황당했던 순간과 절망의 시간들을 떠올리고 몸서리쳤다. 책상을 탁 치니 억 하고 쓰러졌다는, 만화에서도 보기 힘든 상상력의 극치가 역사에 기록되던 해였다. 그의 사망을 둘러싼 군사정권의 고문, 살인 은폐 조작을 위한 집요한 음모와 이를 저지하고 진실을 알리기 위한 양심세력들 간의 대결이 마침내 6월 항쟁으로 이어진다.

1987년 정초에 벌어진 박종철 군 고문치사 사건을 기억하지 못하는 사람은 거의 없다. 그리고 이것이 기폭제가 되어 고문 추방, 민주헌법 쟁취를 위한 행진과 시위가 계속되었고, 이한열 군의 최루탄 파편에 의한 사망으로 민주항쟁은 절정을 치달았다. 민정당의 노태우 대표는 마침내 대통령 직선, 김대중 사면복권, 구속자 석방 등 시국 수습안을 발표했고 대통령 전두환은 이 선언을 수용했다.

한 세대 전의 일이지만 그 시절의 아픔이나 절망과 희망 모두를 잊을 리 없다. 박종철과 이한열을 죽음으로 내몬 야만과 폭력의 시간들을 반추하는 것은 그들을 추모하는 이상으로, 앞으로 우리가 참여하지 않으면 안 될 역사에 대한 경각의 의미 때문일 것이다. 역사는 다만 흘러간 과거가 아니라 우리가 책임져야 할 미래를 위해서 존재하는 과거이다. 그때, 거기의 일을 지금, 여기의 일로 호출하여 반추하는 일이야말로 있었던 일과 있어야 할 일들을 어떻게 구분해야 하는가를 깨우치기 위함일 것이다.

최근 한 TV의 정치 방담 프로에서 영화 〈1987〉을 놓고 각 정당이나 정치인들에게는 그것이 어떻게 비쳐지고 어떤 반응을 보이는가를 화제 삼는 장면이 있었다. 매우 저급하고 창의적이지 못했던 그 프로그램의 중간쯤에서 사회자가 말했다. 영화를 보러온 한 유력 정치인에게 1987년을 어떻게 기억하느냐고 (기자가) 물었더니 그 정치인은 그때 자신은 의과대학 대학원에 다니고 있었다고 대답하더라고 했다. 함께 자리한 패널들이 모두 웃었다. 정답이 아닌 때문이었을까. 패널들은 번갈아가며 그 정치인을 비아냥거렸다. 그들이 원하는 대답이란 그때 그 청년은 시청 앞 시위대의 한 중간에 서 있었거나 다른 장소에서 항쟁을 도모하고 있었어야 했다. 아니면 당시 실험실에 갇혀 실험에 몰두한 때라 시위에 참여하지 못했다는 변명성 답변 정도였을 것이다.

문제는 그 정치인의 답변이 정치적이지 못했다는 점에 있었을 것이다. 분명한 답이 있는데도 일부러 묻는 형식을 취함으로써 주제를 강화하고자 하는 수사를 설의법이라 했던가. 정치영화를 관람하러 온 정치인으로서 그의 답변은 과연 동문서답이었는지 우문현답이었는지는 아직 판명되지 않았다. 수준을 지키지 못한 질문은 우답을 유도하고 품위를 잃은 질문은 현답을 유도한다.

사람들은 흔히 당신은 그때 어디에 있었느냐고 묻기를 좋아한다. 이 질문은 중요한 현장 혹은 당위나 위기 순간에서의 개인의 알리바이 여부를 추궁하는 일일 것이다. 한 사람의 시민적 자각이나 삶의 실천적 욕구는 그 개인의 사회화의 한 과정이지만, 같은 세대의 다른 청년들이 갈 수 있는 길과 그 가치관의 변모는 그만큼 멀고 다양하다.

촛불정국의 흥분을 가라앉힐 때이다. 당신은 그때 어디에 있었느냐고 추궁하기에 앞서 나는 그때 무엇을 하고 있었던가를 자문할 시간이다. 4 · 19의 환희가 5 · 16의 절망으로, 6 · 10항쟁이 군사정권의 연장으로 이어졌던 악몽들을 기억해야 한다. 개성과 실존, 개개인의 삶이 존중되지 않는 집단적 사고나 획일주의는 또 다른 형태의 폭력일 뿐이다.

(2018)

어떤 일본인

일본의 수출 규제로 한국 경제 위기론이 퍼지고 일본의 지방 도시들이 한국인 관광객의 감소와 예약 취소로 고통을 호소하는 뉴스 사이사이에 문득 떠오르는 한 일본인의 얼굴이 있다. 그는 지금 어떤 생각을 하고 있을까. 나의 일본 체험이란, 대학에서 처음 접했던 저들의 소설들을 통한 정도였다. 가령 다자이 오사무나 오에 겐자부로 같은 작가들의 작품들은 나의 그동안의 선입견을 바로잡아주었고, 생에 대한 아득한 비감과 절망 외 서사는 당시 내 또래 청년에게는 신선한 감흥이었다. '전범국' 일본의 소설이 보여준 전후의 일본인의 모습이었다.

그리고 내가 체험한 현실 속의 일본인은 Y대학의 T교수를 비롯한 몇 명 정도. 재직하던 대학과 상호 방문 프로그램을 운영하는 Y대학에 교류교수로 한 한기를 머물렀던 때였다. 연구 파트너를 맡아준 T교수는 말없이 친절하고 자상했다. 그는 모리 오가이와 염상섭을 비교해보겠다는 나의 연구과제는 뒷전으로 하고 일본어를 못하는 나에게 조선족 유학생과 서울의 일본문학 유학생을 통역사로 붙여주었다. T교수와의 모든 대화는 물론 식사나 회합에 두 유학생 중 한 명은 반드시 통역으로 합석했다. 두 한국인 유학생에게는 마치 후견인처럼 대해주었다. 건장한 체구의 그는 술을 좋아했고 한량끼 넘쳤으며 자신의 명함에는 작은 서체로 시인 누구누구로만 찍혀 있었다. 그러나 그는 시인으로서보다는 일본문학 연구자로서의 저서가 많은 듯했다.

나에게 한국의 근대소설사 한 시간짜리 강연을 의뢰하고 강연료를 듬뿍 주었던 어느 날, 모처럼 내가 사는 술에 거나해진 그가 2차로 가라오케를 안내했다. 그는 볼륨을 높여 옆방의 소란을 진압하고 한국 가요를 불렀다. 〈대전발 0시 50분〉이었다. 그는 자신을 엔카는 물론 한국 노래의 열성 팬이라 소개했다.

T교수와 두 유학생과 함께한 나의 일본에서의 시간은 그런대로 매우 즐거웠다. 학기가 끝나가고 귀국이 가까워지자, 나는 그곳 숙소와 연구실 살림을 챙겨주었던 외사과 담당 직원

을 저녁식사에 초대했다. 회식이 끝나고 옆자리의 통역 학생이 먼저 자리를 뜨게 되자 그와 나는 더듬거리는 영어로 대화를 주고받게 되었다. 그는 한국에 돌아가기 전에 아타미 휴양지를 권하고 싶다고 말했다. 일본의 유수 문인들이 즐겨 찾는 곳으로 원하시면 사모님과 함께 며칠 묵을 자리를 알아보겠다고 했다. 나의 대접에 대한 답례인 셈이었다. 고마운 제안에 나는 흔쾌히 가보고 싶다고 대답했다. 한참 동안 한일 양국의 대학이나 일상에 대한 가벼운 이야기가 이어졌고, 그리고 그날의 그와 나의 대화에 가벼운 냉기가 흘렀다. 마침 그날은 아쿠타가와상인가 하는 문학상 수상자가 발표된 날이었고, 노벨상에까지 화제가 옮겨졌다. 일본에 노벨상 수상자가 많은데 그 상들이 사실은 개인보다는 국가에게 주어지는 경우도 많다는 얘기까지도 잘 넘어가다가, 문득 일본의 식민지배가 화제가 되었다. 몇 마디 얘기가 오가고, 그 반세기 가까운 세월을 한국인은 결코 잊지 못하고 있노라고 나는 덧붙였다. 조금 예민한 장면이었고 회식은 정중히 끝났지만 분위기는 무거워졌다. 사흘이 지날 때까지 그에게서의 소식은 없었다. 아타미 휴양지에 대한 더 자세한 정보를 알고 싶다는 메일을 보내자 곧바로 답이 왔다.

—지난번의 초대에 감사드립니다. 남은 일본 체류 동안 즐

거운 시간 보내시기 바랍니다.

단 두 문장이었다.

T교수가 한국을 방문한 것은 그로부터 얼마 후였다. 그에게서 학위를 받았던 이쪽의 일본문학 교수 한 분도 그를 마중하기 위해 김포공항으로 나갔다. 공항에 내린 T교수가 감회에 젖어 한마디 했다. 통역하던 일문과 교수가 "고향(?)에 오니 설렌다 하시네요." 하며 의아해했다. 나는 그 교수에게 그날 밤 다카다노바바의 노래방을 나와 T교수가 나에게 들려준 이야기를 전해주었다. 자신은 임란 때 가고시마로 끌려간 백제 도공 남원 박 아무개의 후손이라고 한 말. "두려움 때문에" 아직 한국에는 가보지 못했다는 얘기까지. 그리고 그는 덧붙여 말했다. 한국에 대한 미안함이 두려움으로 변했다고,

다카다노바바 주점에서의 T교수의 쓸쓸한 웃음이 오래 지워지지 않았다. 끌려간 사람이 끌어간 사람의 죄업까지 등에 진 것인가. 도공으로 끌려가고 징용으로 끌려가고 위안부로 끌려간 이들에게 덧씌워진 원한과 분노와 치욕의 원천은 무엇일까, 우리의 근현대사가 곧바로 한일 관계사로 겹쳐지는 지금-일본은 우리에게 누구인지, 우리는 그들에게 누구인지를 새삼 되묻게 되는 요즘이다.

(2019)

미국과 미군

이번 하노이 북미회담 결렬은 미국 측의 배반에 의한 것이라는 혐의가 짙다. 수많은 실무 협상 끝에 이루어진 두 정상 간의 만남이 양측의 잠정 합의 사항에 대한 확인과 추가적 조치들에 대한 검인증이라는 그동안의 국제관례가 무시된 때문이다. 일괄 타결과 제재 일부 해제 사이의 오해가 있었다고는 하지만 양측 주장이 상충하고 있다. 회담 재개 가능성을 열어놓아 "핵단추 설전"의 상황으로 되돌아갈 것 같지는 않지만 예단은 더 어려워졌다.

일괄과 단계는 과정의 차이일 뿐, 문제는 신뢰였다. 이번의 회담 결렬을 바라보는 우리들의 시선은 자연스럽게 정전 65년과 근대 이후의 남북미의 관계사를 돌아보게 된다. 북측의 그동안의 정전협정 위반 사례는 무수히 많은 사건들로 채워져 있으며, 그 위반 사례들이야말로 오늘의 상호 불신을 부추기는 원인 제공으로 충분하다. 그들은 남북연방제를 제기하면서 대남공작을 강화했고 7 · 4성명 이후에 땅굴을 팠으며, 1983년 남쪽의 신군부를 향한 아웅산 테러, 민족단합 5개항 발표 후의 KAL기 폭파, 소 떼 방북 이후의 분위기에 역행하는 동해안 잠수정 침투, 월드컵 축제 중에 벌어진 서해교전 등, 우리가 기억하는 그 사례들은 헤아릴 수 없을 만큼 많다. 이는 오늘의 북측의 협상력 약화와 함께 협약 이행 의지를 담보하지 못하는 치명적인 불신의 사례들일 것이다. 그것들을 선군정치의 과거의 유물로 돌리기에는 너무 궁색한 자기변명일 것이다.

회담 결렬의 원인 제공자로서 북측의 그동안의 수많은 위반 사례가 떠오르는 한편으로, 한반도에 대한 미국의 과거에 대해서도 따져보는 계기가 된 것 같다. 유엔과의 혈맹 70년사는 6 · 25 참전 16개국 중 50여만 명의 파병에 5만 명 가까운 사상자를 낸 미국이 그 중심에 있을 것이다. 먼 나라 동방의 작은 반도에 자유 수호를 위해 헌신한 그들 참전 용사들의 희생은 우리가 오래 새기고 갚아야 할 감사와 숭고의 표징일 것이다. 미국에 대한 우리의 뿌리 깊은 경외와 연대의식은 우방으로서 그들이 보여준 자유 이념과 물질적 시혜에 기인한 것이었다.

그러나 지금 우리는 우방이었던 미국이 우리에게 보여준 그간의 넘치는 자국 우선주의 사례 또한 짚고 넘어가야 할 지점에 온 것 같다. 을사늑약의 뒤에는 일본의 조선 지배를 용인하는 미국과의 묵계가 있었음이 뒤늦게 밝혀졌고, 애치슨 라인은 한국을 라인 밖으로 제외시킴으로써 북한의 남침을 위한 장애물을 제거해준 셈이 되었으며, 4 · 3의 제주는 미군 당국에 의해 'red island'로 명명되면서 참극이 가속화되었으며, '혼란'과 '미완'의 4 · 19혁명은 "안보와 미국의 이익을 위해" 묵인한 5 · 16을 가능케 했으며 이 시기의 미국 외교 기밀문서는 모두 '공개 불가'로 봉인되어 있다. 1971년 키신저와 주은래와의 비밀회담에서 미국과 중국이 한반도에서 배타적으로 이익을 공유하기로 합의한 기록은 놀랍기만 하다. "미국 정부, 공수여단 광주시민 폭행 결정 알면서도 지지"라는 미국 학자의 5 · 18 관련 미 국무부 비밀해제 문건 인용은 검증을 기다리고 있다. 한미 관계사에 검증이 필요해졌다. 그동안의 미국의 묵인과 방조와 침묵의 몸짓에 대해 우리가 일희일비하는 것 또한 또다른 식민근성일 뿐이다. 그 반대의 이유로 냉정한 검토는 이루어져야 한다. 1918년 파리강화회의에서 미국 대통령

윌슨의 민족자결주의는 3·1만세를 고무하기도 하였지만 정작 한국을 “완전하지 않은 국가들(식민지)”로 분류하여 회의 참가를 제한하는 모순을 드러냈다.

북한과 미국 측의 과거사는 한반도에서의 근현대사를 위반과 배반이 교차하는 모습으로 남게 했다. 북한과의 대치를 민족의 이름으로, 미국과의 이해 충돌을 우방의 이름으로 대체 가능한 것인지 다시 질문해야 할 시간이다. 2019년 하노이에서 손 털고 일어나버린 미국 대통령 트럼프의 협상 테이블로부터의 이탈은 평화는 승자가 없어야 한다는 잠언에 대한 의문이었다. 남북미의 갈등 속에서 우리가 스스로를 중간자적 존재로 자처하는 것은 이제 분단시대의 재앙이다.

(2019)

사람의 덫

법무부 장관 자리를 놓고 된다 안 된다 극단의 찬반 논리에 온 나라가 들썩이고 있다. 정치에 대한 국민들의 의식과 인식의 정도를 짐작게 해주는 놀라운 상황이다. TV를 켰다 끄기를 반복해보지만 청문회와 관련되지 않은 다른 프로를 찾아가기가 쉽지 않다. 자연스럽게 "우리가 언제부터?" 혹은 "장관이 뭐길래?" 하고 자문하게 된다.

사회 속의 인간의 성정을 규정할 때 흔히 이성이나 종교, 놀이나 생산의 측면을 지목하기도 하지만 특히 요즘처럼 정치적 존재로서의 인간의 속성이 두드러진 때가 언제였나 싶기도 하다. 새삼 오늘의 우리의 당파성과 분쟁이 역사의 부산물인가 타고난 것인가 우문도 던져보게 되는 요즘이다. 청문회

일정이나 방식 하나 합의에 이르지 못하는 정치권의 행태를 보면서, 민주화의 선진국이자 정치 후진국의 이 모순된 양면이 신기할 정도이다.

인사청문회는 그 취지와 방법에서 매우 우아하고 세련된 민주적 검증제도이다. 그러나 언제부터인지 이 청문회가 탐문수사의 현장이 되고 말았다. 청문회는 사전에 철저한 정밀검증을 거친 후보에게만 기회를 주어야 비로소 효율적인 검증이 가능할 것이다. 후보의 자질이나 정책 검열이 시작되기도 전에 본인의 과거 혹은 현재의 주변에 대한 법적 · 도덕적 의혹에 매달리고 있는 현행 청문회는 개선되어야 한다. 가족이나 주변의 신상 털기에 의한 인권침해의 부작용은 더욱 문제다.

그 첨예하고도 민감한 사례가 이번 법무부 장관 후보 지명에서 예외 없이 나타났다. 청문회가 시작되기도 전에 후보 주변에 대한 압수수색이 집행되는 초유의 사태가 발생했다. 불과 한 달 보름 전 대통령으로부터 임명장을 받고 취임한 바 있는 신임 검찰총장의 의지가 반영된 이 압수수색은 그 대상자가 같은 임명권자인 대통령에 의해 지명된 복심 인물이라는 점에서 다소 낯설고 생경한 장면이 아닐 수 없다. 더구나 그것이 검찰의 직속 상급 부서인 법무부 장관과의 논의나 보고가 생략된 신임 검찰총장의 결정에 의한 것이었다는 점에서

이 수사권 독립(?)이 눈부시기까지 하다. 그의 취임을 반대했던 야당은 미소로 돌아섰고 그의 취임을 강행했던 여당은 그에 대한 강한 의구심과 함께 당혹감을 감추지 못하고 있다. 사법 개혁을 부르짖는 신임 장관 후보가 그 개혁 대상인 검찰로부터 수색을 당하고 있는 이 아이러니가 흥미롭다.

의혹을 제기하고 답하고 다시 묻고 해명하는 청문회의 과정은 법리적이기보다는 정치적이다. 그것을 바라보는 국민적 관심이나 정치권이 어느 한쪽의 손을 들어주는 것으로 청문회의 판정은 끝나는 것이 지금까지의 관행이었다. 질문과 답변이 반복되고, 의혹이 해소되고 안 되고의 기준은 여론이나 임명권자의 판단에 따르는 것이 관례였고 그것이 법정과는 다른 지금까지의 청문회 풍경일 것이다.

법무부 장관 후보로 거론되는 인사는 소위 진보 기득권자로 분류된다. 청와대의 수석을 하다가 장관 후보로 지명된 이 법학자는 그 보직의 이동 경로에서부터 야당의 공격을 받았고 딸의 논문이나 대학 입학 과정, 가족의 펀드 투자 과정 등에서 여러 의혹을 사고 있다. 그럼에도 청문회에서 제기될 의혹이나 해명을 건너뛰어 수사로 직행하는 것에 대해 논란이 이는 것은 당연하다. 의혹이나 피의 사실만으로 어떤 결정을 내리는 것은 정치적 행위에 다름 아니다.

'사람이 먼저다'와 '사람에 충성하지 않는다'는 명제는 우리의 삶이 마땅히 추구해야 할 가치이다. 다만 전자의 사람이 보통명사라면 후자의 사람은 고유명사라는 점에서 다르다. 전자가 물질이나 제도보다는 인간다운 삶의 보편적 가치를 추구한다는 의미라면 후자는 특정 개인이나 사적인 관계에 얽매이지 않는다는 소신의 일단일 것이다.

후보자의 임명에 부정적인 여론이 부담이지만 예정된 청문회에서 후보자는 자신에 연루된 여러 의혹들에서 벗어날 수 있기를 바란다. 그리하여 많은 사람들이 그에게 품고 있는 의구심-'기득권자에 의한 개혁은 얼마나 가능한 것인가'는 한낱 기우에 불과했음을 입증해 보이기를 기대한다.

우리는 검찰 수장의 '충성'은 기실 자신이 속한 조직을 향한 것이 아니었음을 증거해줄 것을 믿는다. 이념을 같이하는 이념집단은 몰라도 이익을 같이하는 사람들의 이해집단은 용서할 수 없다. 관습과 싸우는 개혁과 부패와 싸우는 정의, 이 양자의 상호성에 대한 인식은 모두에게 중요하다.

(2019)

정치와 유머

정치판에 웃음기가 사라졌다. 증오와 막말뿐이다. 어차피 정치란 반대되고 대비되는 사람들의 생각과 정책의 마주침이라고는 하지만, 요즘처럼 그 갈등의 양상이 극단으로 향하고 있었던 적이 있었나 싶다. 한 야당의 원내대표가 정권을 향해 "조양은 세트로 나라가 온통 엉망"이라고 비난했다. 청와대의 수석 조모 씨와 80년대의 대표적 조폭 양은이파, 대통령의 측근 양모 씨와 북한의 김정은의 이름자들을 조립해 붙인 이름이다. 고심한 흔적은 보이지만 창의도 풍자도 아닌 매우 조야한 비유이다. 소통이 어렵다는 대통령을 겨냥해 '한센병' 환자로 비유하거나 여당 대표가 야당을 향해 '도둑놈들'한테는 국회를 맡길 수 없다고 하거나 한 야당 대표의

5 · 18 기념식 참석과 관련하여 "거의 사이코패스"라고 몰아붙인 사례는 과거의 "태어나지 말았어야 할 귀태" "공업용 미싱으로 입을 드르륵 틀어막아야 할 사람" "등신 외교" "노가리" "쥐박이" 같은 언어폭력의 연장이다. 이쯤 되면 가히 원색적인 말의 아수라다.

우리 정치판이 언제부터 이리 살벌해진 것인지, 현실을 객관화하고 바라볼 수 있는 여유, 유머와 풍자 넘치는 세월이 우리에게도 있었던가 싶다. 우리가 기억하는 많은 사례들은 그래서 우리에게 현실의 권태로부터 벗어날 수 있게 해주었다. 그것은 유머가 우리에게 주는 삶의 활력이다.

처칠이 대기업 국유화를 주장하던 노동당과 싸우고 있던 무렵의 어느 날 화장실에 소변을 보러 갔다. 라이벌인 노동당 당수가 볼일을 보고 있었고, 빈자리를 놔두고 그는 기다렸다. "옆자리가 비었는데 왜 거긴 안 쓰는 거요? 나에게 불쾌한 감정이라도 있습니까?" 노동당 당수가 물었다. 처칠이 대답했다. "천만에요. 단지 겁이 나서 그러는 거요. 당신들은 큰 것만 보면 국유화를 하려 드는데, 내 것이 국유화되면 큰일이지 않소?" 김대중이 사형수로 감옥에 있을 때 면회 온 아내가 그의 면전에서 하느님의 뜻에 따르겠노라고 기도했다. 훗날 김대중은 자신을 살려달라고 기도하지 않은 그때의 아내가 가장 섭섭했노라고 회고했다. 5 · 16혁명이냐 쿠데타냐고 기자가 묻자 김종필이 대답했다. "그건 우리말로 하면 혁명이고 외국어로 하면 쿠데타야." 노무현이 한 인삼가공 공장을 시찰했을 때 그곳의 주부 사원이 대통령에게 "풍기 홍삼이 남성 정력에 최고"라고 권하자 대통령은 펄쩍 뛰며 "집사람에게는 그런 소리 마세요. 매일 이것만 먹으라고 하면 큰일입니다"라고 했다. 73세 고령의 대통령 재선 도전자 레이건은 먼데일 민주당 후보(당시 56세)로부터 "당신의 나이에 대해 어떻게 생각하십니까"라는 공격적인 질문을 받았다. 레이건은 대답했다. "이번 선거에서 나이는 문제 삼을 생각은 없습니다." 무슨 뜻이냐고 다그치자 레이건은 "당신이 너무 젊고 경험이 없다는 사실을 정치적 수단으로 이용하지 않겠다는 뜻"이라고 답했다. 한 기자가 "어떻게 배우가 대통령이 될 수 있습니까"라고 묻자, 그는 "어떻게 대통령이 배우가 되지 않을 수 있습니까"라고 받아쳤다. 공수처를 야당이 반대한다고 하자 노회찬은 대답했다. "동네에 파출소를 새로 만든다고 하면 우범자들이 좋아할 리가 없지요." 반대가 극심하다고 덧붙이자 노회찬이 물었다. "모기들이 반대한다고 해서 에프킬라를 안 살 겁니까?"

그들이 구사한 유머는 촌철살인이었고 삶의 지혜였고 풍자였고 너스레였다. 유머는 생의 이쪽과 저쪽을 넘나든 사람들만이 누릴 수 있는 삶에 대한 익살이고 넉살이고 엄살일 것이다.

우리가 연출하고 있는 오늘의 이 비속한 모습들은 제한되고 유한해야 한다. 회색을 허락하지 않는 오늘의 흑과 백의 찬반 논리는 지양되어야 한다. 갈등이란 너와 나, 갑과 을을 이어주는 통로이며 과정이다. 갈등의 순기능이 필요한 때이다.

갈등은 다양성과 이질성에의 용인, 획일성에 대한 혐오의 정신이 전제되어야 한다. 갈등의 진정한 의미는 그것이 화쟁에 이르는 통로로 기능할 때 비로소 가능하다. 유머는 그 갈등을 바라보는 거리두기이다. 살상의 흉기로 둔갑해버린 오늘의 우리들의 정치 언어는 더 표현적이어야 한다. 유머의 정신이야말로 지금 우리가 복원하고 그리워해야 할 삶의 활력이다.

(2019)

도라산의 철길

11월 30일 도라산역에서 남북 간의 철도 현대화를 위한 남측의 공동 조사단 일행의 출정식이 열렸다. 이른 아침부터 28명의 조사단과 관련 부처 인사들이 함께 모인 자리였다. 북녘을 향하고 있는 기차 앞에서 출정의 소회와 각오를 담은 담화들이 이어졌는데, 쌀쌀한 날씨에 그들의 입김이 기차의 연기처럼 피어올랐다. 조사단은 서쪽에서는 신의주, 동쪽으로는 금강산을 거쳐 두만강까지 약 1,200km를 이동하며 현지조사를 벌인다. 18일 예정의 이 장정은 숙식을 열차 안에서 해결하면서 철도 운영체계와 전력 통신 노선 현대화를 위한 종합적인 점검과 진단이 이루어진다. 공사 착공식은 연내에 가질 수 있을 것이라고 내다봤다. TV에 비친 감동적인 장면이었다.

한반도 물류 혈맥이 뚫리고 북한을 경유하여 시베리아 횡단 열차가 러시아를 통해 유럽까지 이어지는 '철의 실크로드'에 대한 상상의 나래를 펴는 동안 뉴스는 덧붙여 말했다. 실제 철도 연결 작업이 진행되려면 공사를 위한 물자를 투입해야 하는데 이는 대북 제재 위반사항이라는 것, 북한 비핵화 조치를 유인하기 위한 미국과의 합의에 의한 것이므로 아직 철도사업의 대북 제재 예외를 인정한 것은 아니라고 했다, 조사는 시작하되 공사 진행은 별개의 문제라는 것이다. TV에 비친 씁쓸한 장면이었다.

선비핵화와 선제재완화가 충돌하면서 북미 정상회담이 교착상태인 가운데, 부에노스아이레스의 G20에 참석 중인 한미 정상의 단독회담에서 김정은 위원장의 서울 답방이 한반도 평화정착을 위한 공동 노력에 추가적인 모멘텀을 제공할 것이라는 점에 의견을 같이했노라는 발표가 나왔다. 미국 대통령이 북한의 당 위원장의 남한 답방에 '긍정 의사'를 나타냄에 따라 우리 측의 답방 추진에 '탄력'을 받게 된 것이다.

이 반갑고 씁쓸한 모순된 감정은 남북미의 관계 변화의 움직임을 바라보는 내내 계속되었다. 남북미의 대화와 회담이 연기, 취소, 재개를 반복하곤 했던 그동안의 일정은 과연 우리는 한반도 비핵화의 당사자인가 중재자인가 국외자인가 하는 자문의 시간에 다름 아니었다. 이 절망과 환호와 회의의 시간들은 그대로 식민지배와 광복과 분단의 시간 속으로 우리를 호출했다.

문재인 대통령의 신베를린 선언 이후의 한국의 역할과 위치는 가파르게 바뀌는 모양새다. 문 대통령이 한반도 평화를 위해 기꺼이 운전자 노릇을 자임한 것은 북미 관계가 선제 타격론으로 극단을 달릴 때였다. 그리고 마침내 그가 북미회담을 이끌어내자 세계의 언론은 그것을 "놀라운 외교 쿠데타"로 평가했고, 지난 9월에는 미국 대통령이 한국 대통령을 향해 "수석협상가" 역할을 해달라고 요청, 북에 보내는 메시지를 전하기도 했다. 그의 역할이 잠깐 빈번해지자 한미의 보수나 야당 일각에서 문 대통령에 대해 "김정은의 수석대변인"이라는 비아냥도 생겨났다. 이 비아냥은 종전 선언이 이루어지면 곧장 미군 철수론으로 이어질지도 모른다는 우려에서 나온 불만의 표시일 것이다. 그러나 "한국 정부는 우리의 승인 없이는 아무것도 하지 않을 것이다."라는 미국 대통령의 부적절한 발언은 동맹국의 결속을 과시한 것인지 협상 주체를 강조한 것이지가 분명치 않았다.

휴전협정은 미국 유엔과 북한 중국 사이에 이루어졌으므로 우리는 체결 당사자는 아니었다. 그러나 핵 감찰국이자 보유국, 그리고 한국에 자국 군대를 주둔시키고 있는 국가로서 신흥 핵 보유국인 북한에 대한 미국의 지위는 당사자일 수밖에 없지만, 북이 핵국가일 때의 안보외교의 피해자는 미국보다도 남측이요, 북한 비핵화의 수혜자 또한 미국보다는 한국이라는 점에서 우리는 다시 당사자가 된다. 최근 남북의 대화와 경협의 속도에 보이는 미국의 태도는 당사자의 과민이다. 그것이 과속인지 고속인지, 역주행인지 유턴인지를 결정하는 것은 또 다른 이해 당사자인 우리의 운행 수칙에 의한 것이었다.

도보다리의 마임극, 능라도의 함성, 생수병에 퍼 담았던 백두산 천지 물은 2018년이 기억해야 할 역사였다. 그것들은 우리를 감상에 젖게 했지만, 감성에 기초하지 않은 어떠한 정치적 결단도 허구임을 증거해줄 것이다. 12월은 계절의 끝이 아니라 새로운 출발을 예비해준다. 도라산을 떠나 북녘으로 향하는 12월의 철길은 남북미가 동승한 평화의 길이어야 한다.

(2018)

도보다리의 마임극

남북이 만나 선언문을 발표하였다. 민족의 공동번영과 미래를 위해 문제를 해결해 나가고 과거의 합의는 조속히 실천에 옮기는 한편, 남북 철도를 연결하고 이산가족의 상봉 추진은 물론 일체의 충돌과 적대 행위를 금하고 특히 핵 없는 한반도를 위해 국제사회와 함께 노력해 나가자는 등의 합의문이었다.

남북은 이제 각각 따로 재깍거리던 서울과 평양 두 개의 시계를 하나로 맞추기로 하였으며, 철조망 너머로 마주 보던 확성기를 떼내고 양국 정상 간의 직통전화도 개설하였다. 북미는 북미대로 핵단추를 누가 크게 누를지 두고 보자던 태도가 급변, 억류했던 인질을 풀어주고 판문점에서 만날까 샹그릴

라에서 만날까 고민하는 사이 핵 실험장 폐기를 위한 갱도 폭파 현장을 참관하라는 통보가 뒤를 이었다. 불과 두어 달 전만 해도 상상하지 못했던 상황 변화다.

이 상황은 4월 27일의 이른 오전, 남북의 두 정상이 처음 만나 악수하고 잡은 손을 끌어당겨 번갈아가며 남북의 군사분계선을 무단 월경하는 장면을 연출해 보이면서부터 이미 예고되었다. 그동안의 시행착오 때문일까. 이 모순되고 비현실적인 2018년의 봄을 믿을 수가 없다. 그리고 그것이 끝내 사실로 굳어지지나 않을지 두렵기조차 한 계절이다. 믿지 말라고 비아냥거리는 사람조차도 비현실적으로 고맙기만 하다. 간밤에 내린 함박눈처럼 거짓말처럼 도둑처럼 봄은 왔고, 지금 녹음은 짙어가고 있다.

그날 4월의 마지막 금요일, 눈앞에 펼쳐지고 있는 도보다리에서의 두 정상의 산책 장면은 모순되고 비현실적인 이 봄날의 또 다른 진경이었다. 그 도보다리의 이야기가 시작되는 그곳은 바로 오래전 명명된 '소떼 길'의 길섶이었기 때문이다. 기억 속에 각인된 과거의 한 장면이 다시 떠올랐다. 그해 6월, 남쪽의 한 재벌 회장의 소 떼 방북은 전쟁과 평화와 이데올로기 모두를 한 줌의 바람으로 날려버린 사건이었다. 소 500마리를 실은 트럭의 기다란 행렬의 선두에서 군사분계선을 넘어 북녘 땅으로 향하는 밀짚모자 속 실향민 노인의 검게 탄 모습은 아름답고 장엄했다. 어릴 적 부친의 소 판 돈 70원을 훔쳐 들고 고향을 떠나온 그가 성공하여 마침내 서럽고 애잔한 그 빚을 갚기 위해 그리운 고향으로 향하는 모습은 오랜 시간이 지나도록 지워지지 않은 우리들 분단시대의 영상이었다. 그 장면은 한국 현대사의 최대 퍼포먼스이자, 어느 미래학자의 표현대로 20세기 '최후의 전위예술'이라 이를 만한 것이었다.

소 떼가 지나갔던 20년 전 그 길섶 도보다리에서의 두 남자가 주연인 35분간의 무성 영상은 한 편의 마임극이거나 단편 영화였다. 군사정전위원회와 중립국감독위원회를 드나드는 요원들의 동선을 줄이기 위해 습지 위에 만들었다는 그 다리가 마침내 남북의 동선을 줄이는 다리로 바뀌어가는 순간이었다. 배석자가 사라지고 기자와 카메라가 물러서고 움직임이 원경으로 처리되면서 카메라는 서서히 줌 아웃으로 밀려났다. 멀리 야트막한 산등성이에는 4월의 연두색 초목들이 병풍처럼 둘러서 있고 주위에 들리는 것은 오직 새소리와 바람소리뿐, 나란히 한 두 남자의 어깨는 가끔 닿았다 떨어지기를 반복했다. 한쪽은 설명하고 한쪽은 듣는 모양새였다. 한쪽이 말하자 한쪽이 안경을 고쳐 세웠고 한쪽이 손을 흔들자 다른 한쪽이 웃었고 한쪽이 웃자 다른 한쪽이 얼굴을 찡그렸다. 그리고 그들은 순간순간 상대방의 머리 위를 스치는 새소리 바람소리를 엿듣는 듯했다가 망연히 한 곳에 시선을 멈춘 채 생각에 빠지기도 했다.

마임극이기도 하고 무성 영화이기도 한 도보다리의 롱 테이크는 장면이 의미에 가담하는 아름다운 영상이었다. 풍경 속의 두 남자는 조금은 고즈넉하고 외로워 보이기도 했다. 그때 그들이 어떤 얘기를 주고받았는지 우리는 모르지만 무슨 얘기를 하였는지를 우리는 알기 때문이다.

2018년 봄 도보다리에서의 두 남자 이야기는 세월 흘러도 마임극으로 남겨둘 일이다. 길을 말하거나 이름을 명명하는 순간 그 길과 이름은 이미 우리에게서 더 멀어질 것이기 때문이다. 모순되고 비현실적인 이 봄이 믿을 수 없이 즐겁고, 그림처럼 왔다가 음악처럼 흐르는 이 봄의 반란에 가슴 설렌다.

(2018)

ⓒ박노련

판문점, 역사의 개그

남북회담 장소인 판문점이 다시 역사의 현장으로 떠오르고 있다. 평양도 서울도 아닌, 남도 북도 아닌 이 어정쩡한 공간은 그 지리적 조건의 상징성으로 인해 의미도 더 커 보인다. 오늘의 분단과 대립의 대명사가 되어버린 판문점은 부근에 널문다리가 있는데, 마을에 널빤지로 만든 대문이 많았기 때문에 붙여진 이름이라고 한다. 개성에서 시작된 휴전회담이 널문리로 옮겨지고, 회담이 진행된 장소에 초가집 몇 채와 가건물, 막사와 주막이 있어 '판문'에 구멍가게를 뜻하는 '점'이 붙었고 이것이 중국어 표기의 '판문점'이 탄생했다. 비무장지대(DMZ)나 공동경비구역(JSA)은 차라리 드라마의 제목으로나 더 애용되는 이름이다.

판문점을 생각할 때면 우리는 늘 슬픈 한국 현대사의 회한과 비감에 젖게 된다. 6 · 25전쟁이 남긴 이 널빤지 문 가게는 그 이름의 초라함에 비해 지구상에서 가장 긴 휴전 기간과 지상의 유일무이한 분단국가의 오명을 보유하고 있다. 베를린 장벽이 무너지고부터는 그 상대적 박탈감도 커졌다. 영화나 소설에서 즐겨 다루고 있는 이 장벽들이야말로 정치이념이나 제도가 인간성 형성과 마모에 얼마나 깊게 침투되고 있는가를 잘 보여주는 사례이다.

이호철의 소설 「판문점」(1961)은 일상에 스며들어 있는 분단 현실의 단면을 재미있게 보여준 작품이다. 반세기가 지난 지금 읽어도 이 작품이 꼬집고 있는 바는 생생하고 발랄하다. 소설 「판문점」은 남측의 기자 진수가 무슨 회담이 열리는 판문점에 취재차 나가서 겪었던 일들의 전말이다. 그 일들이란 취재 중 북측의 여기자와의 짧은 만남에서 주고받은 대화나 감상을 중심으로 이어지는데, 북측의 여기자와 남북 체제의 우월성을 다투거나 남북의 생활이나 교류에 호기심과 비판을 보이거나 하지만 사이사이에 남녀의 미묘한 감정의 흐름을 놓치지 않는다. 갑자기 쏟아지는 소나기를 피하기 위해 스며든 지프차 안에서 여기자는 무슨 암시나 받은 것처럼 "이북 가시죠, 네? 이북 가시죠?"라고 월북을 권한다. 그러자 진수는

"이봐, 그 금니 어디서 했어?"라고 딴청을 부리면서도 비에 젖은 그녀의 머리에서 풍기는 '신 살구알 냄새'를 맡고 몸을 떤다. 그들은 다투지만 싫지 않았고, 논쟁하지만 수다일 뿐이었다. 그러나 두 세계의 이질감이나 단절감은 피할 수 없는 것이 되고 만다. 함께 살고 있는 서울의 형님 부부의 속물적이고 배금적이고 권태롭기조차 한 일상이나, 여기자로부터 듣게 되는 북녘의 경직되고 긴장된 일상 양쪽에 비애를 느끼는 그는 두 세계를 가로막고 있는 판문점에게 쫓기는 악몽을 꾸기도 한다. 남쪽의 사회적 혼란이나 북쪽 체제의 경직성 모두에게서 이역감을 감추지 못한 그는, 다시 판문점을 찾아 북측의 여기자와 만난다. 여기자는 첫눈이 왔다고 말하고 얼굴을 붉히자 진수는 "처음 만난 것 같군요, 다시 힘들어졌군요"라고 말하면서 미소 짓는다. 경계와 방어 태세로 되돌아온 그녀의 뒷모습을 보며 진수는 "기집애, 조만하면 쓸 만한데." 중얼거리며 쓸쓸하게 웃는다. 그러면서 주인공은 이야기의 중간쯤에서 비몽사몽간에 판문점에 대한 자신의 몽상을 늘어놓는다.

— 2백 년쯤 뒤 고어사전에서 '판문점'이란 ……1953년 생겼다가 19××년 없어졌다. 여기에서 휴전 회담이라던가 군사정전회담이라는 알 수 없는 회담이 무려 5백여 회에 걸쳐 열렸

고 그 회담기록이 적힌 거창한 문건이 지금 인류 역사의 기념비적인 익살로서 개성 박물관에 안치되어 있다. ……이 해괴망측한 건물은 사람으로 치면 가슴패기에 난 부스럼 같은 것인데, 부스럼은 부스럼인데 별로 아프지 않은 부스럼이다. 그 원인은 부스럼 환자가 좀 덜 됐다 불감증이다 어수룩하다는 데 있다……

소설 「판문점」에서는 판문점을 인류 역사의 '익살'로 풍자하고 가슴패기의 '부스럼'으로 비유했다. 그리하여 판문점에 무신경한 일상의 안일을 경계하는 작가의 시대의식을 보여준다. 6·25 때 인민군으로 동원되어 동해안까지 내려갔다가 포로가 되고, 풀려나 단신 배를 타고 월남하여 부두 노동자, 미군기지 경비원 등을 전전한 작가의 이력은 그의 예술적 성취를 가능케 한 자산인 셈이었다.

지금의 판문점은 공룡화되고 삼엄해져서 남북이 함께 소나기를 피할 공간도 허락하지 않고 있다. 작중인물 진수의 판문점에 대한 상상은 그래서 더 슬프고 그것을 바라보는 지금의 우리는 부끄럽다. 맨땅에 줄 그어놓고 이쪽과 저쪽이 마주하고 있는 판문점, 역사의 개그인 그 널빤지 문 가게는 이제 유적지로 전환시켜야 할 때이다.

(2018)

6월의 약속

북미 정상이 6 · 12 회담의 합의문을 발표하였다. 두 나라는 평화와 번영에 부합되게 새로운 관계 설립과 지속, 안정적인 평화체제 구축에 노력하고 4 · 27 판문점 선언을 재확인하며 한반도의 완전한 비핵화에 노력하는 한편, 신원 확인된 전쟁포로 및 실종자의 유해 송환에 약속했다. 4개의 포괄적인 조항으로 짧게 구성되어 있지만 무겁고 긴 내용들로 채워진 것이었다. 북미 합의에 남북 합의를 끼워 넣었으니 사실상 남북미 3개국의 합의문인 셈이다.

북미 두 정상은 비록 번갈아 가슴 맞대는 삼단 포옹을 연출해 보이지는 않았지만 장유유서와 프렌드십에 걸맞는 예절로서 문득 악수하고 어깨와 등에 손을 댔다. 그들은 서로를 치켜

세웠으며, 이날의 우호적 관계와 합의 사항 실천을 위해 상대국으로의 방문이나 초청 의사를 주고받았다. 단독회담 중 각각 측근을 불러 일이 생길 때마다 직통할 수 있도록 서로의 전화번호를 적어주기도 하였다. 회담 후 기자회견에서는 한쪽 정상이 다른 한쪽의 핵 갱도 폭파에 대한 답례라도 하듯 빈 산이나 바다 위에 비싼 포탄을 쏟아붓는 전쟁놀이에 불과한 군사훈련을 당장 중단할 수도 있다고 했다. 심지어는 파견한 자국 군인들의 철수나 감축도 생각해야 할 때라고 말하기도 했다.

역사의 필연인지 우연인지, 거듭되는 돌발 상황과 반전의 드라마가 펼쳐지는 지금의 평화지도와 한반도의 지각변동이 경이롭다. 불과 6개월 전만 해도 자신의 책상에 핵 단추가 놓여 있으며 언제라도 그것을 누르기만 하면 상대국의 심장을 강타할 수 있다고 호언하거나 '꼬마 로켓보이'니 '늙다리'니 욕을 퍼부었던 사이였고, 회담이 열리기 직전에는 측근들에 대한 비난을 빌미로 회담 취소를 전격 통보하기도 했었다. 그리고 지금 우리는 좀처럼 믿기지 않은 이 모순되고 불합리하기조차 한 역설의 계절, 전쟁 발발 68주년을 눈앞에 두고 있다.

한반도의 남북회담을 시발로 하여 지금 각국은 다양한 의제의 회담 준비로 들썩이고 있다. 북중 북미에 이어 북러 북일회담이 추진되고 있으며 당장 한러회담이 잡혀 있다. 국외의 바쁜 움직임보다 더 빠르게 국내의 실무회담은 그야말로 봇물이다. 남북 군사회담에 이어 체육회담 · 적십자회담과 철도 · 도로 연결, 산림협력 회의가 잇달아 열린다. 철도 · 산림 분과회의에 이어 개성 공동연락사무소 설치 준비 인력이 방북한다. 개성공단에 설치하기로 한 남북공동연락사무소 개설이 예정되어 있다. 이처럼 남북이 북미 정상회담의 성과를 바탕으로 4 · 27 판문점 선언 이행에 바쁘게 움직이고 있다.

아직 일부 의심 많은 냉전과 수구적 사고에 은둔하고 있는 세력들로부터의 '환상적 민족주의'니 '종북'이니 하는 비아냥도 끊이지 않고 있고, 협의문의 자구에 매달려 회담의 성과를 폄하하거나 과거의 약속 파기 사례들을 들어 비관론을 펴는 자칭 북한 전문가들의 예단도 많다. 그날 6월의 젊은 지도자는 말했다.

"우리 발목을 잡는 과거가 있고 그릇된 편견과 관행들이 우리의 눈과 귀를 가리고 있었는데, 우리는 모든 것을 이겨내고 이 자리에 왔다."

회담장에서의 단호한 첫마디는 과거에의 회한과 현재의 고심을 함께 아우르는 함축적인 언사였다. 그는 아버지나 할아버지와의 결별을 예고하는 외교적 표현을 구사했다. 그들은

'전략적 인내'를 버리고 '화염과 분노'로 대응하는 지금의 미국에 굴복한 것일까, 남측의 평화공존의 진정성을 수용한 것일까. 그것은 굴복이기보다는 이성적 결단의 소산이기도 하고 남측의 진정성에 대한 화답으로도 치부해줄 수 있을 것이다. 다시 손가락 내밀어 걸어보는 이 6월의 약속을 추인하자.

약속이 역사가 되는 길에 부합된다면 그것은 실행되어 마땅하다. 약속을 받아내는 데 걸렸던 시간이 오래고 지난했다고 비난하지 말자. 약속이 쉽지 않았던 것은 그 실행에서 그만큼의 충실을 담보해줄 것이기 때문이다. 항복문서 조인도 아니니 CIVG냐 CIVD냐를 따질 일이 아니다. 중요한 것은 거기에 이르기까지의 완전하고 검증 가능하며 불가역적인 '역사와의 약속'일 터이다.

(2018)

이토록 슬픈 평화

평화에 따라붙을 수 있는 속도에는 어떤 것들이 있을까. 평화를 향유하는 속도, 평화를 지향하는 속도, 평화를 유지하는 속도. 평화 뒤에 따라붙는 화법으로서의 평화의 속도는 적절한 용례가 많지 않다. 평화의 속도란 연애의 속도보다는 덜 어울리는 단어의 조합이다. 다만 그것을 누리는 시간이거나 그것에 다가가는 시간이거나 그 상황을 기다리는 시간 정도를 가리키는 말이 될 터인데, 중요한 것은 이 고귀한 복록이 개개인의 생활 속에 묻어 있는 정서적 정황보다는 집단이나 국가 간의 대립과 화해의 문제에 더 깊이 연루되어 있다는 점에서 다분히 사회적이다. 개인의 낙원 혹은 도원경으로서의 평화도 중요하지만 국가나 집단 간의 전쟁이나 다툼이 없는 상태를 말할 때의 평화가 더 평화스럽다.

요즘 한반도는 남북대화와 경협의 속도가 문제되고 있다. 이른바 속도 조절론이다. 연애의 속도가 빨라지면 뜻밖의 임신이라도 생각할 수 있지만 국가 간의 접근의 속도가 빨라지면 어떤 일이 벌어질 수 있을까. 오랜 세월 대립과 반목에만 익숙해온 때문일까, 간밤에 내린 함박눈처럼 찾아온 서울과 평양의 손님맞이가 아직은 서툴고 요란하고 호들갑스럽다.

평화체제 구축으로 향하는 한반도의 레이스는 지금 그 반환점에 서 있는 듯하다. 중일러를 비롯한 세계의 이목은 격려와 우려의 시선으로 남북미의 평화 레이스를 지켜보고 있다. 남북의 시계는 이미 하나로 맞추어졌고 비무장지대 경비초소 철수도 시작되었다. 지상 해상 공중에서의 남과 북의 모든 상호 적대 행위가 전면 중지되었고 군사분계선 일대와 동서해 완충구역에서의 사격과 훈련이 중지되었다. 동서해선 철도 도로 연결 및 현대화를 위한 착공식도 차질 없이 진행될 것이라고 했다.

불과 1년 전만 해도 상상할 수 없었던 남북의 상황 변화에 미국이 놀라워하는 모습은 오히려 자연스럽다. 화평을 전제로 한 만남에 미국은 혈맹이지만 북한은 혈육이므로 미국의 처지가 다소 허전해질 수밖에 없는 것은 당연하다. 한미 간 협력과 비핵화를 위한 대북 제재를 조율하기 위한 소위 '워킹그룹'을 설치하기로 한 것은 이러한 상황에 대응하는 미국의 고육지책이라 할 만하다. 우리 측은 '소통'을 위한 것이라고 변호해주었고 우리가 먼저 제안한 것이라고 했지만 대북 제재를 유지하기 위한 미국 측의 감시기구라는 의구심은 피할 수 없게 되었다. 슬픈 평화의 논리이다.

지금 문제되고 있는 남측의 '과속'이 평화의 원칙을 어떻게 위반하고 있는지 따져볼 일이다. 영토와 주권을 상호 존중하고, 모든 분쟁은 교섭과 상호 이해에 의한다는 것, 내정 불간섭, 호혜 평등에 입각한 상호 협력이라는 원칙을 따르자는 것은 1954년의 중국과 인도의 평화원칙이었다. 중심에 맞추지 않고 자신의 궤도를 지키지 않으면 다른 것과 충돌하게 된다는 공전과 자전의 원리, 자신의 속도를 제대로 맞추지 않으면 궤도를 벗어나게 된다는 원리, 차이에 대한 공정한 평가가 없으면 균형과 조화를 유지할 수 없다는 공평과 평등의 원리는 또한 평화학의 전제였다.

과연 지금의 문재인 정부의 평화 주행은 독주인 것인가. 지금의 속력이 과속인지 고속인지, 주행인지 추월인지, 좌회전인지 유턴인지를 분명히 구분해주어야 한다. 슬픈 평화의 속도제한이다.

평화는 홀로 존재할 수 없고 오직 이웃과의 관계 속에서만 가능하다. 평화는 지켜야 할 가치이면서 반드시 함께 누려야 할 복록이다. 승자 없는 평화를 주창하던 백 년 전의 윌슨의 민족자결주의는 3·1운동의 사상적 배후였다. 70년 전의 백범의 모란봉 연설이나 오늘의 문 대통령의 능라도 연설 모두 하나된 민족에 대한 열망의 표현이었다. '우리 민족끼리'는 낡은 명제이지만 아직 유효하다. 평화가 아니면 싸우지 않는다는 역설에 부합하기 위해서라도 우리는 모든 평화 지연 세력과 싸워야 한다.

(2018)

보여주는 삶

대학 동기들 카페에 조지훈문학관이 올라왔다. 고인의 흉상과 사진, 돌에 새겨진 시구들과 함께 문학관 마당에 서 있는 학우들의 모습들이 낯익었다. 영양의 일월면 주실마을에 세워져 있는 조지훈문학관. 누군가가 탐방을 제안하고 다른 누군가에게서부터 사발통문이 돌더니 문득 방문단이 급조된 모양이었다. 옛 은사의 고향을 찾아 활짝 웃고 있는 모습들에 반세기 이전의 모습과 지금의 모습들이 겹쳐져 애늙은이인지 중늙은이인지가 분간키 어려웠다.

입학 당년부터 〈시론〉이 개설되었지만 강의는 매번 한두 주를 채우기도 전에 휴강으로 이어졌다. 60년대의 대학가는 한일 굴욕회담 반대 데모에서부터 반독재 반정부 투쟁이 끊이지 않았기도 하지만 유독 선생의 강좌는 휴강이 잦았다. 이미 건강이 악화된 때문이었다. 졸업 무렵 3층 강의실로 향하던 선생이 2층 계단에서 문득 걸음을 세우고 물었다. "강의실이 어딘가." "302입니다." 가쁜 숨을 몰아쉬던 선생은 2층 계단 끝을 잠시 올려다보다가 "휴강이야." 하고 돌아섰다.

1968년 5월 17일 선생은 홀연 타계했다. 향년 49세. 학부 4년이 허전하고 민망하여 대학원에 진학하여 학과의 조교를 맡고 있던 때였다. 학생회관 앞 광장에서의 장례식에 대한 기억은 지금도 생생하다. 학계의 다양한 인사들은 물론 당시의 주요 정치인들과 정부 요로의 인사들의 면면들은 시인이자 국학자이자 당대의 대표적 논객이었던 고인에 대한 경의와 애도의 정도를 보여주는 듯했다. 선생이 마석에 운구되어 관이 서서히 묘혈 쪽으로 안착할 즈음 누군가가 소리치며 뛰어내려 관을 부둥켜 안았다. "지훈! 지훈!" 교육학개론의 왕학수 교수였다. 어린아이 같은 그의 통곡에 관의 한쪽 끝줄을 붙들고 있던 나도 함께 울었다. 하관식은 소란스러웠으나 슬픔은 묘혈보다 더 깊었다.

선생에 대한 일화가 많다. 생일 축시를 써달라는 자유당 당국의 청탁에 "독재자의 만수무강을 빌라는 말인가" 하고 거절한 사건, 자신이 주관하던 시인협회의 수상을 반납하고 상금 많은 정부기관의 상으로 바꿔 탄 시인을 구타한 사건, 전시 중

종군문인단의 전방 위문 방문 자리에서 취한 문인들의 모습에 분개한 소대장이 총부리를 들이대자 "호국은 자네들만 하는가"며 외려 격분하여 그 젊은 장교의 따귀를 때린 사건, 여촌야도의 선거판에서 단 한 석의 공화당 당선자가 아쉬웠던 시절, 여당 수뇌부의 집요한 출마 권유와 회유를 폭언으로 거절한 사건, 그러면서도 통일이 되면 찾아오실 납북된 부친 때문에 이사를 갈 수 없노라고, 죽어서는 어머니 누워 계신 마석으로 가야 한다고 우겼다는 마음 여린 시인…… 모두 기담처럼 들리던 일화들이다. 선생의 민족적 · 우국적 시편들은 그의 풍류와 정서에 잘 어울렸고 그가 이룩한 국학의 학문적 성취는 학자와 지사적 풍모에 잘 어울렸다.

지근거리에서 선생의 기침 소리를 접하기는 어려웠던 시기, 여럿이 어울려 성북동 자택을 찾으면 막걸리를 내놓으시며 시를 읊었다. "꽃이 지기로소니/바람을 탓하랴//주렴 밖에 성긴 별/하나둘 스러지고……". 시와 고전을 논하고 시국을 걱정하거나 했던 모습 외에 그에 관한 추억은 소루하다. 내년이면 선생의 탄신 100주년이다. 선생은 늘 부재 중이었지만 강의는 언제나 진행 중이었음을, 삶의 지혜나 용기는 그것을 들려주기보다는 몸소 보여주는 것임을 이제는 알겠다.

(2019)

고도는 오지 않는다

6·13 지방선거에 참패한 야당이 원인 규명과 위기 탈출 방안에 고심하고 있다. 리모델링인지 재건축인지 모를 사태로 이어지는 각 당의 요즘의 풍경은 하도 자주 반복되는 것이어서 이를 바라보는 우리들의 심사는 이제 씁쓸하지도 우습지도 않다. 그럼에도 우리는 그때마다 정치란 무엇인가 새삼 되묻게 되고, 나와 우리가 사회와 역사 속으로 어떻게 편입되어야 하는지에 대한 성찰을 반복하게 된다. 우리가 타고 온 버스의 행선지가 어디인지, 지금 가고 있는 속도는 어떠한지에 대해서도 다시 자문하게 된다.

야당의 참패에는 저마다 이유도 많고 치유방법도 백가쟁명이다. 한 야당은 자신들이 속해 있었던 무능 부패 정권의 몰락을 자신들과 분리해서 선거에 임하는 우를 범했다. 무엇보다도 일부 당직자가 보여준 일련의 정치적 행보나 발언들은 시대착오적이었고, 군부독재 시절의 정치 · 사회적 관습에 자신을 가둬버린 현실인식 방식은 놀라운 것이었다. 그들 일부의 정치적 발언은 자신들의 품격을 웃음거리로 만들었다. 그들은 정치적 이념과 신념을 구분하지 않았으며 보수와 수구, 친북과 종북을 구분하지 못했으며 당적을 같이했던 또 다른 두 야당은 자신들이 왜 갈라서야 했는지에 대한 명분도 철학도 제시하지 못한 채 적폐와의 연대와 단일화를 얘기했다. 촛불정국을 이루어낸 정치 수준을 따라오지 못했던 그들을 국민들은 외면했다.

국정농단과 비리정권의 누더기를 걸쳐 입은 이 거대 야당은 지금 중환자실에 있다. 진보도 보수도 혁신도 아닌 또 다른 야당 역시 응급실에 누워 수혈을 기다리고 있다. 다급해진 그들은 여기저기에 구원의 손길을 내밀고 있고, 아예 자신들을 도와줄 책사들을 호명하고 있다. 청년 실업을 걱정하고 업무를 기획해야 할 그들 자신에게 때아닌 일자리가 창출된 셈이다. 세간의 책사로 분류되는 몇몇 인사들이 본인의 의사와 무관하게 구원투수로 입 도마에 오르내리고 있고 자신들의 정권을 탄핵했던 인사들에게도 손을 내밀었다. 심지어는 정치와는 무관한 유명 의사를 비대위원장으로 거론하는가 하면 아예 자신의 당과는 수혈 불가능한 혈액형의 학자를 대책위원장으로 영입하자고도 했다. 전문적인 의술에 그들이 현혹된 것인지, 학자의 지식에 그들이 현혹된 것인지는 알 수 없으되, 이 구애는 지금 그들의 절박함이 어떠한 지경인지를 잘 보여준 사례다. 기술이나 지식이 언제나 지혜로 이어지는 것은 아니고 지혜야말로 경험의 축적물이요 그것은 지식과 식견의 차이만큼 중요한 덕목임을 우리는 알고 있기 때문이다.

그들이 지금 애타게 찾고 기다리는 멘토는 어디에 있는 것일까. 하나님의 계시를 받아쓴 사도의 「계시록」이라도 찾고 있는 것일까, 예언가의 점괘라도 받아내겠다는 것인가. 아니면 삼국지의 장수처럼 자신을 도와줄 책략가를 다시 삼고초려 하겠다는 것인가 왕과 세자의 난치병을 고쳐낸 조선조의 명의가 다시 현현하기를 기다리자는 것인가.

베케트의 연극 〈고도를 기다리며〉는 지금 우리가 처한 상황에 대한 하나의 알레고리이기도 하다. 폭력과 전쟁의 황폐를 시대 배경으로 플롯도 스토리도 무대장치도 없이 황량한 한 그루 나무그늘 아래서 누군가를 기다리는 사람들, 전쟁에서 겨우 살아남은 그들은 다만 '고도' 씨를 기다리는 것으로 아득하게 앉아 있다. 그들이 하는 일이란 고도가 올 것을 믿는 일과 무연한 수다로 그를 기다리는 것뿐이다.

고도는 오지 않았다. 고도는 다만 그들의 기다림의 대상으로 존재할 뿐이다. 선지자인지 구원자인지 극중 기다림의 대상은 각자의 상황에 따라 달라질 것이다. 이 상황의 완고성과 지속성이야말로 오늘의 우리가 처한 희망과 절망의 역설적 병행 원리이다.

고도는 오지 않는다. 그는 전쟁터에 나간 친구의 아들을 아비처럼 스승처럼 보살펴주고 사라진 신화 속의 이름일 뿐이다. 지금 우리가 기다리는 진정한 멘토는 우리 자신의 내면의 손님, 새로운 어떤 신념이나 가치이어야 한다.

(2018)

축제와 정치

이번 동계 올림픽은 남북 단일팀의 경기 외에도 북에서 내려온 응원단의 일사불란한 응원의 모습도 함께 보여주었다. 많은 이들에게 기쁨과 감동을 주었다. 특히 올림픽 기간 동안 많은 국외 유력 인사들이 하객으로 찾아들었다. 북측의 노동당중앙위원회 최고 간부, 최고인민회의 상임위원장, 노동당 부위원장, 미국의 부통령 내외와 백악관 보좌관, 일본의 총리, 중국의 국무원 부총리 등이 올림픽 개막식과 폐막식에 번갈아가며 참석했다. 그들 중에는 최고 권력자의 누이동생이나 딸을 직접 보냄으로써 참석자의 대외적 신뢰도나 권위를 과시하는 국가도 있었다. 각국의 지도자들은 만나서 담소하고 관중석에서 환호하였으며, 적대적이었거나 상호 비방 중이었던 상대국의 대표와는 회동이 시도되거나 무산되기도 하였다. 올림픽 주최국인 우리는 그들의 합석을 주선하느라 동분서주하는 모양새였고, 서먹서먹했던 이들은 이 중재를 외면하기도 했지만 은밀하게 서로의 만남을 타진했던 흔적을 남기기도 했다. 올림픽이 아니었다면 좀처럼 보기 어려운 장면들이 연출되었다. 장내의 빙판 위 선수들의 경기 못지않게 장외에서 벌어지는 이들의 탐색과 신경전도 볼 만했다.

17일 동안 벌어진 각국 선수들의 경쟁과 환호, 땀과 눈물의 시간들은 분명 축제의 이름에 갈음할 만한 순간들이었다. 이제 축제는 끝났지만 그 여운은 시작되었으며 참가 선수들과 관중은 그 장면들을 이미 자신의 추억 속으로 편입시켰을 것이다. 함께한 정치인들의 탐색의 순간들은 곧 자국의 미래 전략으로 대체될 것이다.

축제가 강력한 사회통합의 기능을 수행한다는 논리는 매우 타당해 보인다. 그것은 유희와 본능을 사회화하고 공동체의식에 편입시키는 카니발의 또 다른 모습일 것이다. 평화올림픽을 표방한 이번 평창 올림픽은 한국 공연문화의 경쟁력을 확인하고 그 가능성을 확대한 성과로도 꼽힌다. 평창의 각종 문화공연에 50만 명 이상의 관람객을 동원함으로써 한국 문화의 지역성과 세계성을 함께 아우르는 문화올림픽의 면모도 보여주었다.

그러나 올림픽 기간 내내 어김없이 국내 정치는 축제의 마당과 대척되는 난장의 무대를 연출하였다. 잘 다듬어진 경기장의 눈길과 빙판 위에서 경기가 벌어지는 동안 여야의 대립과 비방의 언술들은 계속되고 있었다. 북측의 인사가 우대받는 모습에 '평양 올림픽'이라고 비아냥거렸고 북측 노동당 간부의 방남을 반대하기 위해 야당의 성토와 저지 모임이 도심과 통일대교에서 이어졌다. 천안함 침몰의 배후로 지목된 그를 성토하는 외에 또 다른 야당은 천안함 희생자의 묘역을 참배하기도 했다. 전범의 초대는 주권의 포기 행위라는 야당의 주장에 어제 만났던 인물이 오늘 만남은 왜 안 되느냐고, 잔치에 재 뿌리지 말라고 여당은 맞받았다. 이 장면을 바라보는 국민들의 시각도 두 동강 났다.

그리하여 올림픽은 당연하게도 전쟁과 분단의 아픈 현대사 속으로 우리를 안내했다. 수백만의 사망자와 천만 명의 가족 이산의 원인 제공자, 핵 개발에 매진 중인 그 남침의 아들의 아들, 그럼에도 불구하고 그의 누이와 대화하고 융숭히 대접해 보내는 이유는 무엇이어야 하는지. 아군함 침몰의 배후로 지목된 북측의 장수와 악수하고 대화하고 밥 먹는 남측의 속내는 어떠해야 하는지, 과거는 잊어서는 안 되지만 있었던 일과 있어야 할 일이 어떻게 구분되어야 하는지, 이를 딛고 넘어가지 않으면 안 되는 역사적 소명은 무엇이어야 하는가를 자문하는 시간이었다.

식민적 상황에 대한 전제 없는 일제강점기의 어떠한 문화적 현상이나 성과에 대한 평가도 온전한 것이 아니듯, 오늘의 분단 상황에 대한 역사 인식과 사회학적 상상력이 결여된 정치의식은 허구이다. 어느 시대고 업으로 삼고 살아가지 않으면 안 되는 당대적 명제가 있다. 그 담론들은 미래를 위한 것이며, 그것은 다만 주어지는 것이 아니라 주체적으로 창조하고 담보해야 할 소명이고 방식이다. 그 경중과 완급의 선택권은 지금, 여기, 우리에게 있다. 냉전적 사고야말로 지금 우리가 척결하지 않으면 안 될 정신의 적폐다.

(2018)

슬픔의 용량

세월호 특별법 제정을 요구하는 유족들의 단식시위가 벌어지고 있는 광화문광장에 한 떼의 또 다른 시위대가 끼어들었다. 유족들의 요구 조건에 동의하지 않는 사람들의 이른바 폭식시위였다. 단식을 하고 있는 유가족들과 그들에 동참하는 단식 시민들의 현장 옆에서 일군의 또 다른 시민들이 손에 치킨이나 피자를 들고 그것을 먹어 보이는 장면을 연출해 세월호 특별법 제정을 요구하는 단식시위를 조롱하는 유희를 펼쳐 보인 것이다.

나는 그 기사를 읽고 또 읽었다. 글자가 안 보여서가 아니라 믿기지가 않아서였다. 혹시나 하고 인터넷 사이트를 뒤져보니 그것은 사실이었고, 거기에는 사업가를 자처하는 50대의 한 시민이 피자 100판을 주문, 이를 현장에 배달시켜 폭식을 독려하고 있는 동영상도 보였다. 그는 대중들에게 말했다. 여러분들이 지금 대한민국의 중심에 있다. 광화문을 시민에게 돌려주자. 여러분이란 폭식행사에 참가한 일부 청년 커뮤니티와 대학생들이었다. '이건 아니다'라고 절망하는 한편으로 나는 무엇이 저들을 저러한 패륜의 현장으로 몰아넣었는지, 내가 저들과 공감하지 못하고 있는 것은 무엇인지를 자문해 보았다. 그것은 또한 우리는 무엇에 공감하는가, 할 수 있는가를 되물어야 할 시간이기도 했다.

우리는 지금 세월호의 처방전을 놓고 극단적인 대립의 자리에 서 있다. 그것은 결국 정치적 견해나 이해의 차이에서 오는 것이 분명해 보이지만 보다 중요한 문제는 슬픔에 무뎌져버린 우리의 공감 기능일 것이다. 참사가 터진 지 4개월은 슬퍼할 시간으로는 넘쳤고 그것을 견뎌낼 시간으로는 너무 길었던 것일까. 우리들의 슬픔의 배터리는 벌써 닳아버린 것인가.

정치권에서는 이것을 국민적 피로감이라는 언술로 결론짓고 이제는 민생을 살펴야 할 때라고 단락을 바꾸고 있다. 피로감의 실체가 무엇인지 민생의 주체는 누구인지도 따져보지 않고 다만 설득과 협박의 언어로 이제는 그냥 지나가자고 종용하고 있다. 광화문의 폭식시위는 그러므로 이러한 정치적 기획과 피로담론이 결합하여 나타난 정치 희롱이었다. 광장은 누구에게나 열려 있는 반대와 찬성과 진보와 보수 모두의 공간이다. 시위를 효과적이게 할 수 있는 방식이나 그 희로애락의 표현 또한 자유롭다. 그러나 퍼포먼스란 무엇보다도 그 품격에서 비로소 사회성은 획득되고 공감대는 확장될 수 있을 것이다.

오늘의 우리 사회는 일본의 어느 사회학자의 말대로 생명의 가치가 무너지고 자본으로 가는 '무통문명의 사회'라 할 수 있다. 고통과 아픔이 없는 사회는 우리가 꿈꾸어 온 이상이었지만 그것을 추구하는 과정에서 우리가 필연적으로 만날 수밖에 없는 것이 바로 비인간화이다. 그리하여 우리는 '병든 사회'에 속해 있기 이전에 '무통 사회'라는 병리현상 속에 살고 있다는 것이다.

그래서 문명사회 속의 인간은 가끔 가축 같다. 쌀은 자동 공급되며 추위와 홍수로부터 보호되며 출산마저 관리되고 아이의 품종(?)은 '개량'된다. 아이들은 무통으로 분만되며 죽은 어미의 시체 옆에서 스타크래프트를 즐긴다. 신체의 모양은 변하며 마침내 죽음마저도 연기되고 조절된다. 예기치 않아야 할 죽음의 본질이 배제되고 '통제'되어 자기 결정권도 없어진다. 우리들의 삶의 공간을 거대한 병동이라고 노래한다.

현대사회의 적막감이란 무엇보다도 아픔이나 슬픔이 전이되기 어려운 절연체로서 개인들의 삶에서 온다. 형광등의 불빛이 우리를 안도케 하는 것은 불이 켜지기까지의 순간의 긴장감에 있다. 스위치를 눌렀을 때 영점 몇 초 동안의 깜박거림, 그 감전의 시간이 우리를 초조하게 하지만 마침내 경이롭게 한다. 감전되지 않은 센서는 늘 우리를 긴 어둠 속에 서 있게 한다. 인간적인 이상사회를 찾아가다가 비인간화와 만나기는 하지만, 우리는 그 피할 수 없는 현상과 싸우는 과정에서 인간화는 기대할 수 있다. 상처가 공감되고 아픔이 공유되고 마침내 공동체에 이르기까지 우리에게는 수많은 감전연습이 필요하다. 미세한 울림과 떨림에 주목하는 것이 인간다운 삶이다, 감전되는 감각만이 우리를 구원해준다. 그리하여 사람이야말로 희로애락의 원천이요 그 가치가 소통되는 본체임을 보여야 할 것이다.

여객선의 침몰은 잊어서는 안 된다. 세월호는 공감과 공유만이 치유의 길이다. 할당된 슬픔은 가짜다. 지금 우리는 작아져만 가는 우리들의 감정의 용량을 슬퍼해야 할 때이다.

(2014)

제2부

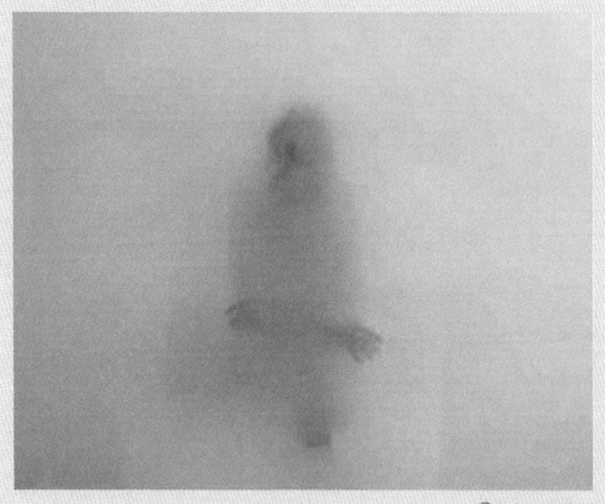

ⓒSohpie Elbaz

「미운 우리 새끼」

동네 버스정류장 건널목에 '메기의 추억(秋億)'이라는 매운탕집이 있다. 미꾸라지가 가을철 먹거리인 것은 알려져 있지만, 왕성한 식욕으로 온갖 물고기를 먹어치워 보양식으로 찾는 메기는 외려 초여름에야 그 향이 좋다고 한다. '추억(追憶)'을 굳이 '秋億'이라고 병기해놓은 것은 한자의 오류에도 불구하고 '메기의 元祖'보다는 나아 보인다. 왜냐하면 사람들은 널리 알려진 미국 민요 〈매기의 추억〉을 기억하고 있기 때문이다. '메기'라는 물고기가 '매기'라는 인명과 겹쳐지고 '追憶'이 '秋億'(이라는 단어는 없다)으로 오해되면서 의미의 혼란을 가져왔다. 검고 탐욕스러운 물고기의 형상이 사랑을 못다 이루고 일찍 죽은 여인으로 대체되어 잊지 못할 여인에 대한 그리움을 가을 먹거리로 강제시켜놓은 것. 〈미운 우리 새끼〉는 어느 TV 프로그램의 이름이다. 무리의 오리들과 다르게 생겨 수난 받던 오리가 사실은 백조였다는 안데르센 동화「미운 오리 새끼」에서 제목만을 따와 바꿔치기한 것이다. 나이 든 어머니들이 둘러앉아 혼자 사는 아들들의 일상을 들여다보는 내용들로 채워져 있다. 결혼 못(안) 한 장년 자식들의 일상을 보며 부모 자식 간의 정감이나 우스개를 담았다. 〈풍문으로 들었show〉는 연예인들의 사생활이나 소문들을 들추거나 진상을 취재하여 보여주는 프로이다. 절대권력을 행사하며 가문의 세습을 꿈꾸는 특수 상류층의 권위의식과 속물근성을 풍자적으로 그린 드라마 〈풍문으로 들었소〉의 제목을 바꿔치기한 것이다.

주변의 수많은 사례들 중에서 아무렇게나 예를 든 이 같은 간판의 상호나 TV 프로그램의 경우는 조야한 오늘날 우리 사회의 언어현상을 단적으로 보여준다. 이 부자연한 어휘의 조합은 그대로 우리의 생각이나 말이 어떻게 폭력적으로 혹은 억지스럽게 만들어지고 구사되고 있는가를 상징적으로 보여준다. 언어유희나 조어력의 확장은 각 언어들의 특장으로 거론되기도 하지만, 이들은 크게 보아 패러디라는 수사적 기능에 연결된다. 패러디는 원본(원 단어)의 주제를 바꿔치기함으로써 얻게 되는 심미적 효과로서 개작이나 확장되기 이전의 대상에 대한 전 이해가 전제되는데, 이들의 경우는 그 상호성이 전혀 없다. "콧대가 높다 하되 얼굴 속의 콧대로다"라는 패러디는 "태산이 높다 하되 하늘 아래 뫼이로다"라는 고시조에 의하지 않고는 성립되지 않듯 두 개의 문화적 텍스트가 상호작용함으로써 보이는 유머일 것이다.

잘못 구사된 패러디는 잘못 구성된 조어들에서 기인한다. 둘 이상의 상이한 문화적 콘텐츠에 대한 동시적인 이해나 공유 없이는 성립 불가능한 이 패러디의 범람은 오늘날 우리의 언어 환경을 크게 오염시키고 있다. 넘쳐나는 은어, 속어, 비어들의 조급한 조합은 그 수명을 예측하기 어려울 정도이기는 하지만 이 단어들이 어떤 문맥 속에 개입했을 때의 해독은 매우 커진다. 음절이 모여 단어가 되고 단어가 어절을 이루고 어절이 하나의 비유나 상징으로 이행되어 가는 과정에서의 언어의 훼손과 왜곡은 자연스럽게 사물의 왜곡 혹은 상상력의 빈곤을 드러낸다.

오늘의 언어 환경은 한글 반포 573돌을 마냥 자축할 수만은 없게 한다. 외국어, 외래어, 비속어와 은어와 막말은 넘쳐나며, 표현적 수사는 없어졌으며 직설만이 난무하고 있다. 정체불명의 조립된 언어가 사고의 황폐화를 부추기고 있다. 여기에 국제화 · 세계화에 편승하여 외국어가 모국어를 밀어내고 있다. 외국어 교육이 강화되고 주창되는 것은 당연한 흐름이지만 그 이념과 방법에서 보여준 최근의 사례들 또한 절망적이다.

영어는 이제 특정국의 언어가 아니라 세계어로서의 권능을 행사한 지 오래되었다. 대학들은 영어강의 개설에 바쁘고, 영어강좌 확보율을 세계화로 가는 척도로 삼는 촌극이 벌어지고 있다.

모국어를 밀어내고 일시 유행 중인 외국어로 진행되는 강의에서 우리가 얻을 수 있는 것은 무엇일까. 그것은 지식의 정보량도 학습의 효율성도 교육의 주체성도 모두 포기한 정신의 식민화, 무주체 외화주의일 뿐이다. 외국어 학습의 중요성을 외국어 강의로 오해하고 있는 오늘의 현실인식은 문제다. 지금 우리의 언어 환경은 오염을 넘어 사회병리로 치닫고 있다.

(2019)

또 하나의 촛불 '미투'

지금 우리의 사계는 환절기의 언덕에 진입하고 있다. 어느 때이고 위기와 전환의 시기 아닌 적 없었지만 요즈음의 우리 사회처럼 그 징후를 실감할 수 있는 때도 그리 많지 않았던 것 같다. 무능과 비리 정권이 탄핵, 단죄되는 한편으로 밖으로는 남북, 북미 정상회담이 기획되자마자 북중, 북일의 만남을 위한 물밑 대화와 움직임이 부산해지고 있다. 올림픽이라는 경기대회가 정치회동이라는 축제의 통합 기능으로 이어지는 소중한 사례와 만난 것이다. 오랫동안 중간자적 혹은 방외의 위치에 있던 우리가 모처럼 한반도의 역동적인 움직임의 주체로 자리 잡을 기회도 보인다. 불과 일 년 전 시작된 시민혁명이 새 정권으로 이어지면서 최근 한 달 사이에 한반도의 정치 기상도가 급변했다. 흥분은 금물이지만 고무되어 마땅할 움직임이다.

거기에다가 지금 우리 사회에 일고 있는 '미투'는 이제 운동이 아니라 부정할 수 없는 사회적 현상으로 번지고 있다. 광장의 촛불보다는 조용하지만 그 기운은 더 차갑고 매섭다. 계절 바뀐 것 모르고 지내던 이 땅의 모든 우월적 지위와 가부장들의 신변에 적신호가 켜졌다. 무심코, 그러나 전혀 무심코는 아니었을 과거의 한순간이 고발자에 의해 재생되면서 소위 가해자와 피해자는 기억과 악몽의 블랙홀로 빠져들었다. 그동안 은폐되어 얹거나 방기되었던 신체적 접촉이 희롱, 추행, 폭행의 이름으로 폭로 고발되고 있으며 분쟁 당사자들의 해명과 사과, 반론이 이어지고 있다. 이 와중에 가해자로 지목되고 있던 일부 당사자들의 극단적인 선택은 보는 이를 안타깝게 하고 있다.

이제 그들의 품격은 위태로워졌고 어떤 국제적인 상의 후보나 권좌의 후보, 혹은 예술인이나 교직자로서 누렸던 명예나 지위는 문득 거두어졌다. 이를 바라보는 시선들은 가해자가 누렸던 명예나 지위란 결국 아무나 누리는 것이 아님을 보여준 것인지, 역설적으로 그 명예나 지위는 누구나 누릴 수 있는 것이었음을 보여준 것인지에 혼란스러워했다. 그러나 그 지위나 명예는 아무나도 누구나도 아닌 다른 어떤 것이었음을 분명히 해주었다. 그것은 도덕적 품성에 기초하지 않은 어떠한 예술적 자질이나 정치적 능력도 모두 허구라는 사실의 확인이었다. 도덕과 윤리가 자유로운 세계에 놓인 인간들의 삶을 묘사하는 것이 예술이라고는 하지만, 그리고 개개인의 이해와 개성을 무덤으로 보내버릴 수도 있는 것이 정치의 생리라고는 하지만 정작 그 창작 주체나 행동 주체인 그들 자신의 도덕성의 실종은 용서받지 못한 것이다. 익명의 공간이나 감시카메라에 기억된 한 장면이 10년 혹은 20년 전의 것이었다고 해서 1~2년 전의 그것보다 상황이 희미하거나 쉬 지워지지 않는 것이 남녀의 문제이고 그 상처이다. 공소시효와 유통기한의 유무야말로 법과 윤리의 차이일 것이다.

남성과 여성의 관계를 지배와 피지배로 보는 관점이나 성이 권력과 깊게 연루되어 있다는 생각은 오래되었다. 또한 현대사회의 다양한 구조 변화에 따라 그 권력이 약화되고 있다 해도, 남과 여 사이에 엄존하는 남성 중심의 가부장적 사고는 여전히 그 역사만큼이나 깊고 견고하다. 이제 와서 가해자의 지위와 압력에 적극적으로 대처하지 못했던 피해자를 탓하거나, 그것은 억압이 아니라 합의였다는 가해자의 주장은 모두 사태의 본질이나 접근방식과는 무관하다.

지금의 '미투' 현상을 촛불정국과 연결지어 보는 것은 자연스럽다. 촛불이야말로 관습과 편견에 대한 개인의 주체 선언이었기 때문이다. 이제 그들은 분실한 수표의 주인임을 광고함으로써 그 수표가 무효임을 공표하듯, 피해자는 자신에게 가해진 한순간의 신체적 접촉이 무효였음을 공표하게 된 것이다. 성은 이제 윤리가 아니라 법이 되었으며, 법은 성적인 것에서 외과적인 것으로 넘어갔다.

오늘의 왜곡된 성이나 그 분쟁은 어디까지이어야 하는가. 그러나 아직 '에로스의 종말'을 선언할 일은 아니다. 이제 '미투'는 잠재적 가해자인 이 땅의 남정네들 모두의 대속으로 이어져야 할 시간이다. 한 여검사로부터 촉발된 '미투'라는 이름의 바람이 어떻게 사회운동이자 이데올로기로 전이되는지는 더 지켜볼 일이다.

(2018)

모방의 논리

소설가 신경숙 씨의 표절이 화제가 되고 있다. 많은 사람들이 비슷한 논조로 작가를 비판하고 표절에 대해 관대했던 그동안의 문화계의 관행을 비난하고 있지만, 그럼에도 불구하고 이는 다시 강조하고 지적해도 지나침이 없는, 우리 문화 풍토의 염려스러운 상황임이 분명하다. 신 씨의 표절은 당연히 문제가 될 수밖에 없는 내용이고, 부와 명성을 함께 누리고 있는 그녀에게 작가적 책임과 윤리 문제의 추궁은 피할 수 없게 되었다.

비록 조야한 감성에 의존하는 대중소설 몇 편에 드러난 일부 베끼기라고 해도, 동네 파출소에서 흡연자 단속하듯 조치하고 지나갈 문제는 아니다. 문단의 문제는 문단에 맡겨달라는 요구도 잘못된 우월적 폐쇄주의요, 더 지켜보자는 신중론 또한 모처럼 일기 시작하는 이 땅의 비평 환경에 찬물을 끼얹는 행위이다. 표절 대상 작품은 읽은 기억조차 없다고 말했다가 들끓는 여론에 자세히 대조해보니 그걸 표절이라고 비난해도 할 말이 없게 되었노라고 3인칭 관찰자 화법으로 자신을 둘러대는 작가의 행위도 비겁하기 이를 데 없다. 소위 문단의 권력(이 아니라 조직이다)이라 불리는 출판사 측의 침묵은 야비하다. 시민적 자각, 민중적 대의를 대신하며 진보와 개혁을 표방해온 인사인 출판사 대표의 사과나 성명이 없는 것도 놀랍다. 그동안 자신이 이끌어오던 사회적 함의와 그를 따르던 많은 학생과 지식인들의 실망 또한 그만큼 클 수밖에 없다.

표절은 창작의 동기나 의도가 심리적인 것이기 때문에 결과는 법적이기보다는 윤리적인 문제라 할 수 있다. 윤리적이기 때문에 독자나 감상자들은 이성적이기보다는 감성적으로 대응하는 경우가 많다. 그러나 그것은 모든 창의적이고 참신한 이야기나 표현을 추구하는 예술 일반에 대한 모욕이다. 베끼기, 짜맞추기, 훔치기는 예술 창조에서 공공의 적이다. 학창 시절 유명 작가의 작품을 필사함으로써 문장이나 구성의 기술을 익혔다는 학습 경험, 오랫동안 방송국의 스크립터로 일하면서 몸에 밴 이런 저런 에피소드와 경구나 묘사들을 짜깁기하여 방송용 문장을 만들곤 하였다는 문장 수업, 그 어느 것도 자신에게 타성이 되어버린 표절을 변호해줄 수는 없는 것이다. 그것은 곧 자신의 삶과 사회에 대한 세계 인식의 불모성, 창작예술에 대한 작가의 왜곡된 인식을 드러낸 것과 다름없다.

지상의 모든 이야기와 심상들은 인류가 그동안 누려온 경험과 감성의 몇 가지 원형에 불과한 것이고, 그것은 다만 공간과 시간을 달리하는 나라와 예술가들에 의해 수없이 재창조되고 변형되고 반복된다는 신화주의자들에게도 베끼기는 용납되지 않는다. 스토리의 유사성은 비교의 대상이지만 그것을 드러내는 담론의 방식에서는 창의성만이 존재할 뿐이다. 춘향이나 심청, 로빈 후드와 홍길동, 장수와 미녀, 왕자와 거지 그 어느 이야기도 하늘 아래 새로운 것은 아니었다. 나라마다 지역마다 시대에 따라 신화나 전설들은 개성적으로 창의적으로 다른 모습으로 재현되고 변주되었을 뿐이다. 그러나 하늘 아래 새로운 것 없다는 문학의 세계주의자들의 논거도 시인, 작가들로 하여금 그 위안의 우산 속으로 도피하게 할 수는 없다. 개성보다는 유형에 매달리는 신화주의 비평에서도 그 소재와 표현적 특성은 신성, 우선시된다.

세상에는 많이 읽히지만 조야한 작품과 덜 읽히지만 유의미한 작품이 공존한다. 비평가나 독자가 이때 참여해야 할 문제는 삶의 문제들에 대한 상투성과 진지함, 진부함과 참신함, 순응과 탐색의 의미를 밝혀내는 일 이상으로 그러한 과정에서 만나게 되는 작품의 창의적 개성이다.

세상의 예술가나 저작가는 때때로 표절의 유혹에 시달리는 우범자들이다. 어떤 잘 만들어진 형상이나 성취된 가치에 대한 흠모는 결국 그들을 왜곡된 모방-표절로 이끌기도 한다. 그러나 모방의 윤리는 재현에 있다. 다른 사람의 창작물을 베끼고 모방한 것은 복사와 재창조라는 점에서 다르다. 패러디나 알레고리, 심지어 오마주로 대표되는 어떤 모방 대상물 설정마저도 그 나름의 치열한 심미적 정신작용과 세련된 감성의 대입 없이는 불가능한 재창조의 사례들이다. 모방은 재현함으로써 구원받을 수 있지만 표절은 모방의 왜곡된 형태이자 창조의 포기이다.

(2015)

절필의 윤리

신문을 보다가 문득 낯익은 이름을 발견하였다. 작년인지 재작년인지 중간쯤에 절필을 선언했던 사람의 신간 기사였다. 그 에세이집과 소설은 작가가 이전에 출판했던 것들을 다시 수정 개정한 것이라 했다. 수정 개정도 집필이므로 그가 문필 활동을 다시 시작한 모양이라고 나는 생각했다. 글쓰기의 무력감에 빠진 데다가 도대체 글이 현실을 개혁하는 데 무슨 힘이 있더냐고 자괴하면서, 어떤 저명한 평론가도 국가기관의 말단 행정 직원만큼도 힘을 미치지 못하는 현실을 개탄했었다. 붓을 꺾기에는 아직 젊은 그가 다른 절필 사유가 또 있었는지도 궁금했던 터라 새로 나온 두 권의 책이 반갑기도 했지만 반사적으로 '그럴 거면 왜' 하고 나는 실소했다.

그 기사를 보면서 나는 문득 오래전 한 소설가의 절필 선언을 떠올렸다. 당시 인기 작가였던 그의 연재 중단 선언은 대단했다. 그때는 문단이 조금 술렁거리기도 했었는데, 아마 그것은 그 작가와의 인터뷰 기사가 신문의 한 페이지를 모두 차지했던 때문이었을 것이다. 대낮 어두운 카페에 기자와 마주 앉은 그는 절망과 고뇌에 찬 모습이었다. 심혈관이 터지도록 글을 썼다는 그는 오랜 글쓰기의 경험으로 독자를 교묘하게 속이곤 했다고 고백하고 자조했다. 대문짝만 한 그 기사를 보면서 나 또한 절망했다. 그의 작가적 고뇌에 공감하는 이상으로 나는 심한 열등감에 빠지고 말았다. 같은 시기에 등단하였으나 맹렬하게 작품을 써내 명성을 올리는 그에 비해 창작은 뒷전으로 한 채 주로 강의에 매달려 있었던 자신의 모습이 초라해진 것이다. 작품을 못 써 고민하고 있는 사람에게 이제는 그만 쓰겠노라고 선언하는 그는 호방해 보였으며 그것을 바라보고 있는 나는 의기소침했다. 그리고 1년이 못 되어 그는 다른 신문에 연재를 시작했다. 그의 작가적 고뇌가 그렇게 빨리 풀린 것은 다행스러운 일이었지만 '그럴 거면 왜', 나는 그때는 열등감이 아니라 홧김에 소리쳤다.

지난 대선 때에는 인기 있던 한 시인이 현실을 타개할 아무런 힘도 없는 시는 이제 그만 쓰겠다고, 다만 바라보기만 하겠노라고 절필 선언해서 화제가 되었다. 불의가 횡행하는 박근혜 대통령의 나라에서는 더 이상 시를 쓰지 않겠다고 선언한 것이다. 그런데 이번에는 절필의 내용이 달랐다. 다른 글은 쓰되 시쓰기는 중단하겠다는 것이었다. 아무리 다원화 · 세분화된 사회라도 신념을 장르별, 부위별로 나누는 것이 이상했다. 그는 차라리 자신의 주종목인 시를 통하여 시대의 절망과 싸우겠다고 선언했어야 했다. 그가 지금 써내고 있는 산문과 쓰지 않고 있는 운문은 표현의 도구로나 내용의 그릇으로 어떤 차이가 있는 것인지, 신문에 난 그의 칼럼을 보면서 나는 또 '그럴 거면 왜'라고 비감에 젖을 수밖에 없었다.

식민지 시대의 많은 문인 학자들이 시대의 억압과 굴종 사이에서 친일하거나 절필했고, 광복 이후의 독재와 군부 탄압에는 저항으로써의 절필이 이어졌다. 산업화 시대에 이르러서는 시대와의 불화가 주체적 개인으로서의 절필로 전이되었다. 문학상 수상을 거부하거나 과거에 출판되었던 자신의 저서에 대해 절판을 선언하거나 심지어 자신의 작품을 불태우는 행위들은 문인 예술가들이 항용 선택하는 자기정화와 결단의 방식들이었다. 분신이 한 개인의 신념이나 가치의 실현이 불가능한 상황에서의 극단적인 자기소멸의 방식이듯, 절필 또한 문인 학자 개인의 역설적 자기표현이다.

절필은 문인 학자 스스로가 자기표현을 거부하거나 포기한 것이므로 그것이 신념의 소산이 아니라 감정의 산물일 때 이처럼 실소와 당혹과 비애를 불러올 수밖에 없다. 사람들은 절필을 선언하고 불출마를 선언하고 전향을 선언하고 은퇴를 선언한다. 그리고 그 선언들이 반복과 번복으로 이어질 때 정작 무너지는 것은 가치의 혼란이요, 진정성의 실종일 것이다.

절필 선언은 독립 선언은 아니지만 금주 선언도 아니다. 엄숙한 행위이지만 선언할 일은 아니다. 선언하는 순간 약속은 깨진다. 침묵만이 그 오연함을 대신해준다.

(2014)

캠퍼스 속의 유목민

한동안 소식이 뜸했던 학부 때의 제자 A를 만났다. 격조했던 데다 해도 바뀌고 해서 안부 삼아 만든 자리였다. 그는 문학 지망생이었는데 대학원에서는 전공을 사회학으로 바꾸어 일찌감치 독일로 유학을 떠났던 친구였다. 그곳의 유명 대학인 F대학에서 모든 학위 과정을 마치고 그곳의 한국학과가 있는 대학에서 강의를 맡기도 했다. 그가 돌아온 것은 유학 16년 만이었고 두어 곳 대학에서 시간강사의 자리를 얻었다. 학부 때의 그의 성실성과 교실에서 보여준 빛나는 감수성을 기억하고 있는 나는 그가 머지않아 전임교원으로 임용이 될 것을 기대했다. 나의 예상은 빗나갔고 어느 겨울 밤늦은 시간 "제가 가장이라는 사실을 오래 잊고 지낸 것 같습니다.” 하는 취한 음성의 전화를 끝으로 소식은 끊겼다. 귀국하여 그가 낸 번역서 세 권과 논문 몇 편은 그의 임용에 도움이 되지 못한 모양이었다. 오랜만에 나타난 A는 생각보다 밝은 표정이었고 그는 그동안의 생활을 나에게 실토했다. 자신은 지금 강남의 한 학원에서 대입 논술 과외를 하고 있다고 했다. 반지하 방도 하나 얻어 가족과 떨어져 지내면서 가장으로서의 책임을 다하고 있다고 온달처럼 웃었다.

또 다른 제자 B는 이번 겨울을 기묘한 설렘 속에서 지내고 있다. 그녀는 10여 년의 시간강사 신세를 일단 마감하고 바야흐로 신학기부터는 대학에 연구실을 얻게 되었다고 자랑했다. 그러나 목소리가 가라앉아 있었다. 자신이 부여받은 명칭은 ‘비정년 교원’이라는 이름의 부교수급 직급이며, 2년 마다 임용계약을 새로이 해야 한다는 것이다. 예전에는 시간강사와 전임교원으로 양분되어 있던 대학의 교수요원이 언제부터인가 명칭이 다양하게 변조되어 연구교수, 촉탁교수, 강의전담교수, 외래교수, 초빙교수, 석좌교수…… 의 이름으로 ‘발령’을 내고 있는데 이들의 공통점은 그 명칭들의 다양함과는 달리 이들이 받게 되는 보수가 하나같이 적다는 점이다. 그녀가 부여받을 ‘비정년 교원’의 연봉은 전임교원의 반에도 미치지 못하는 수준이지만 이를 거부할 수 없는 것이 지금의 형편이다. 이 자리를 얻기 위해 그녀는 연구저서와 논문들을 제출하고 자신과 같은 자격의 전임교수들 앞에서 시강을 하였으며 그 경쟁 또한 만만치 않았던 모양이다. 축하해주는 쪽이나 받는 쪽이나 굴욕이기는 마찬가지였지만, 연구실이 생긴 것만 해도 얼마나 다행이냐며 그녀는 평강공주처럼 웃었다.

나와 같은 대학의 학과 후배인 C는 지금 정년퇴임을 2년 앞두고 있다. 그는 '강의전담 교원'이라는 별칭의 비정규 교수로서 학교 당국과 해마다 임용계약을 연장하고 있다. 1년마다 계약을 다시 한다는 것은 결국 1년 만에 해약될 수 있는 상황이지만 그는 학교 당국으로부터 해약 통보를 걱정하지 않고 있는 듯했다. 왜냐하면 그만한 저임금에 전임교원의 인원수를 채워주고 있으니 학교 당국이나 본인 양쪽 모두(?)에 유익한 협약이기 때문이다. 강의전담이라는 임무 때문인지 그는 아예 연구 결과물인 논문은 신경 쓰지 않는 듯했다. 그는 학자로서의 자긍심보다는 가족의 최소 생계를 그나마 책임질 수 있다는 생각에 안도하고 있는 듯했다.

사회의 어느 분야이건 삶의 어느 국면이건 비정규적 일과 역할은 존재할 수밖에 없다. 출산이나 출장, 병으로 인한 휴직 등 한시적으로 일자리를 보강해주는 임시직은 언제나 필요할 것이기 때문이다. 그러나 90년대 말 외환위기 이후의 경제위기를 맞아 정리해고를 자유롭게 하고, 비정규직 채용 사유 제한을 없애는 바람에 급격히 등장한 이 악성적인 고용행태는 이제 비정규직이 정규직으로 자리 잡게 되는 모순을 낳고 있다. 유럽에서는 비정규직의 규모가 평균 15퍼센트 수준인데 반해 우리나라는 50퍼센트를 훨씬 넘는다고 하니 우리의 고용시장의 후진성을 잘 보여준다.

비정규직의 범람은 학교나 기관의 발전을 저해하는 요소이기 전에 인간 존중의 이상이 실종되는 징후에 다름 아니다. 비정규직이라는 이름의 한시적이고 임시방편적 고용행태가 항구적이고 보편적인 인간 불평등의 원리로 고착될 때 사회 통합은 멀어지고 양극화는 더욱 가속화될 것이다. 대학교수 요원의 능력과 자질은 자본과 이윤의 논리에서보다 학문적 효율성에 의해 보호되고 평가되어야 한다.

(2013)

스마트폰 속의 인문학

그리 멀지 않은 과거의 한 장면이다. 어느 낚시터에서였다. 옆자리의 낚시꾼은 거의 한 시간 간격으로 자리를 떠 한참 걸리는 매점의 공중전화 부스에 부산하게 다녀오곤 하였는데, 그는 아마 자영업을 하던 사람으로 매시간 종업원에게서 업무를 보고받거나 지시하는 모양새였다. 그는 주머니의 담뱃갑을 꺼내 흔들어대며 낚시를 그만두든가 요만한 전화기라도 생겨나든가 해야지, 이제는 낚시도 맘대로 못 올 지경이라고 웃었다. 휴대폰이 나오기 바로 얼마 전의 일이었다.

무전기만 한 휴대폰은 손바닥만 한 스마트폰으로 진화했고 주머니 속의 그것은 이제 우리들의 일상 깊숙이 들어와 있다.

전철이나 버스 안의 풍경을 스마트폰이 장악한 지도 이미 오래다. 여기저기, 남녀노소 없이 스마트폰에 몰두하고 있는 모습은 오늘날 우리들의 소통 구조의 단면을 보여준다. 그들은 혼자 웃거나 혹은 무심한 표정으로 누군가에게 문자를 보내고, 읽곤 한다. 동창회의 블로그가 이제는 카카오톡의 채팅 방으로 바뀌었다. 컴퓨터를 켜고 ID와 비밀번호를 대는 번거로움도 없어졌다. 전원을 켜면 카톡방은 곧바로 각종 수다와 일상의 풍경들의 현장이 된다. "지금 모해?"라는 한마디에 즉각 "라면"이라는 답으로 현재의 시간을 공유하고, 새로 산 골프채에 대한 품평이 오가는 사이 오래 소식이 끊겼던 친구가 이미 타계했음을 알리는 뉴스가 올라온다. 조문과 추도사가 한 줄씩 이어지고, 생의 덧없음을 보이는 한시 한 편이 원문과 함께 올라온다. 건강과 관련한 각종 정보와 처방이 난무하고, 밤에는 비타민 말고 ○○○이 좋다는 소갯들에 아직도 받들어 총 할 일이 있느냐는 댓글이 뒤따른다. 곧이어 가을 노래 모음이라는 음악파일이 뜨고, 한용운의 다시 읽는 시 한 편이 끝나기도 전에 '아리랑'의 참뜻을 알고 있느냐면서 우리나라 민요의 발달 과정과 아리랑의 변천사를 얘기한 매우 긴 한 편의 논문(?)이 올라온다. 이어서 "내가 더 늙었을 때 명심해야 할 일들" "잠시 멈추어 방향을 점검하라" "no와 on" "퇴계선생의 48

세의 사랑” “가슴 뻥 뚫리는 법륜스님의 잘 늙는 법” “나는 내려가면서 올라감을 배웠다” “노철학자 김형석의 속삭임”이 뒤따르고 “오늘의 유머”가 올라오더니 이내 “혼자만 볼 것”이라는 경고문이 붙은 동영상 파일이 뜬다.

스마트폰은 누군가와의 통화, 업무를 위해 고안되었다가 이제 그것은 사람과 사람과의 관계를 형성해주는 방식이 되었다. 사람들은 누군가에게 ‘링크’ 되기를 근원적으로 바라고 있다. 그들은 자신의 삶의 근원적인 고독을 달래는 방법으로 타인과의 ‘관계’를 모색한다. 스마트폰은 따로 시간을 잡고 공간을 이동해야 하는 시공간의 문제들을 동시에 제공해주는 현장이 된 것이다. 소셜미디어의 중심 콘텐츠는 결국 수다이다. 글을 쓰고 퍼오고 영상을 올릴수록 메시지는 풍부해진다. 어느 휴대폰 회사의 광고가 ‘토크, 플레이, 러브’라는 광고 카피로 휴대폰의 다양한 사회 문화적 기능을 부각하였는데, 이는 오늘의 소셜미디어의 속성을 잘 표현한 것이라 하겠다. 이제 ‘나는 생각한다. 고로 존재한다’라는 고전적 명제는 ‘나는 로그인된다, 고로 존재한다’로 바꾸어 말하는 SNS의 생리에 동의하지 않으면 안 될 때가 되었다.

이 짧고 간헐적으로 이루어지는 수다들과의 ‘만남’은 오프라인에서는 불가능한 일일 것이다. 그것들은 모두 경중과 완급과 두서는 없지만 우리들의 일상의 소소한 순간이나 장면들이 어떻게 서로 어우러질 수 있는가를 보여준다. 책상 위에 무심히 놓여 있던, 혹은 늦은 밤 머리맡에 놓인 작은 송수신기 하나가 들려주는 소리. 그 채팅방의 알람 소리가 소음에서 웃음으로, 그리고 생의 작은 발견으로 전이되는 반전은 재미있다.

산업화와 물신화의 시대에 스마트폰은 하나의 아이러니이다. 스마트폰이 건네주는 수다와 영상과 사색과 잠언들－그 문자들의 조합이 상대와 주고받는 이 "인문학 특강"의 순간들은 그래서 늘 즐겁다. 오늘의 우리 사회를 인문학의 위기로 보는 관점은 매우 중요한 자가진단이지만, 그리고 그 인문적 담론은 거창하기까지 하지만, 그 전개는 이처럼 사람과 사람 사이의 작은 속삭임에서 비롯된다.

(2015)

잊힐 권리

인터넷을 뒤지면 지워졌으면 하는 게 몇 개 나온다. 하나는 오래전에 돌아가신 어머님의 부음을 알리는 어느 신문의 한 줄짜리 기사, 다른 하나는 내가 어느 여성과 카페에 앉아 있는 사진과 댓글, 또 다른 하나는 술에 취해 게슴츠레하게 웃고 있는 어느 모임에서의 사진이다.

처음 것은 돌아가신 지 10년이 넘은 분의 부음인 데다가, 상을 당한 지 사흘 만에 어머니를 뒤따라 가버린 나의 아우를 떠올리기가 괴롭기 때문이다. 내가 어느 여성과 카페에 앉아 있는 현장 사진은 재직하고 있던 대학의 지방 캠퍼스 학생의 블로그에서였는데, 그 블로그에는 "서 아무개 교수 묘령의 여인과의 심야 현장"이라는 기사에 멀리서 잡은 두 사람의 실루

ⓒ James Turrel

엣이 현장 사진으로 함께 실려 있었다. 카페의 실내조명이 어두운 데다가 실내의 구석자리도 그럴듯한 분위기를 연출하고 있었다. 그리고 이어지는 댓글들, "그 시간에 누구지?" "매주 정기적인 외박인데 현지처?" 생각해보니 그 여성은 그날 모임에서의 미진한 논쟁을 위해 자리를 옮겨갔던 시인 Y씨였다. 카페의 분위기로 보아 학생들의 댓글은 그럴싸해 보이기는 했지만, 정작 그 여류 시인이 그걸 보았다면 어땠을까 싶었다.

인터넷상의 나의 술에 취한 불쾌한 사진도 삭제하고 싶은 모습 중의 하나이다. 나의 정년을 기념해주는 학과 행사의 끝이었는데, 이 테이블 저 테이블을 돌며 주고받은 술이 조금 과했던 모양인지 술에 취해 일그러진 모습은 보기 좋은 모양새가 아니었다. 그 사진 속의 풍경들은 학교를 떠나는 자와 떠나보내는 자와의 석별의 정 같은 분위기는 전혀 반영되어 있지 않은 하나의 질펀한 술판으로만 보였기 때문이다. 삭제해버리고 싶은 이 사진이나 기사들은 그러나 잊혀져야만 할 것들도 아니다. 그것들은 오히려 나의 감정의 저장소에 기록되어야 할 소중한 장면일 수도 있다. 문제는 그것이 SNS라는 관계망을 통하여 오해와 왜곡의 정보로 변질되어 있다는 점이다.

그러나 이 정도는 한가한 투정이다. 요즘의 인터넷상에 떠돌아다니는 어떤 개인들의 과거의 기사나 동영상은 심각한 단계에 와 있다. 이 동영상이나 기사는 그와 관련된 사람들을 삽시간에 절망에 빠지게 하거나 현재의 삶을 파멸로 몰아갈 수 있는 재앙의 근원이 되고 있다. 한때의 열정이나 자만, 한때의 분노나 슬픔으로 문득 올려놓은 한 컷의 영상이나 기록물이 어떤 개인의 과거와 현재를 송두리째 집어삼켜버리는 블랙홀로 돌변하는 것이다. 어떤 현재가 어떤 과거에 의해 부정되거나 훼손되면서 생기는 빅뱅 현상이 그것이다. 우리는 누구나 자신의 불쾌한 기억으로부터 떠나고 싶은 망각으로의 도망자이다. 불쾌함을 잊는다는 것은 현재의 삶을 지탱해주는 방어기제이기도 하다. '잊힐 권리'는 영국의 빅토어 쇤베르거라는 인터넷 학자의 용어인데, 최근 영국이나 프랑스 등 유럽을 중심으로 이 권리가 인정되어야 한다는 평결이 나오고, 구글이나 페이스북 등 현대의 디지털 세계를 주름잡고 있는 미국 등지에서는 이에 대해 회의적인 반응을 보이고 있다. 이른바 빅데이터 시대의 정보화에 역행하는 표현의 자유 혹은 기록 보존이라는 역사 · 사회적 기능을 간과한 것이라는 비판론이다.

개인이건 사회이건 모든 역사는 기록되어야 하지만, 개인적인 것과 집단적인 정보들은 가치에 따라 분류되고 제한하는 것이 현실적인 대처방안일 것이다. 과거는 기록되어야 하지만, 그것은 또한 선택된 것이지 않으면 안 된다. 빅데이터가 담고 있는 기억력은 경이롭지만, 망각의 능력은 인간만이 가지고 있다는 인식은 중요하다. 공적인 기록은 보존되어야 하지만, 사적인 기록은 보호되어야 한다. 기억과 망각의 능력이 뒤바뀌어버린 디지털 세상에 사는 지금, 표현의 자유나 기록 보존에 대한 염원은 가끔 사치이다. 지워지지 않는 과거는 공포다. 이미지나 기록물이 편집되어 우리 앞에 나타나듯이, 우리들의 삶도 때로는 편집되지 않으면 안 될 때이다.

(2014)

귀뚜라미의 노래

귀뚜라미가 노인들의 반려동물로 변신할 수 있다는 최근의 신문 기사가 흥미로웠다. 가을철이면 흔히 들을 수 있는 귀뚜라미 소리가 노인들의 우울증 치료에 효과가 높다는 연구결과는 그 내용을 살피기도 전에 일리 있다는 생각이 들었다. 농촌진흥청은 최근 귀뚜라미 소리가 노인들의 정서안정과 인지능력 향상에 도움이 된다는 연구결과를 내놓았고 그것이 국제 유명 학술지에 실렸다는 것. 한국에 서식하는 가장 흔한 종인 왕귀뚜라미를 실험 대상으로 하였다는데, 귀뚜라미를 키운 노인 그룹이 그렇지 않은 그룹에 비해 우울증 지수가 현저히 낮다는 연구 결과를 확인한 것이다.

귀뚜라미는 우리에게 아주 친숙한 곤충이다. 사전을 찾아

보니 전 세계에 1200여 종, 대부분 잡식성으로 한국에는 30여 종이 서식한다고 설명되어 있다. 아름다운 소리를 낼 수 있어 애완용으로도 사육된다는 기록도 덧붙여져 있다. 귀뚜라미는 짝을 찾을 때는 부드러운 소리를 내고 적이 나타나면 짧은 소리를 낸다고 한다. 날개를 이용해서 소리를 내며 귀가 앞다리에 있다. 영리하여 모든 일에 유식한 척하고 나서기 좋아하는 사람을 가리켜 '칠월 귀뚜라미'라 하는 속담은 아마 가을이 끝나고 겨울이 머지않음을 가장 먼저 알리는 곤충이라는 데서 연유했을 것이다.

우리 문학작품에도 당연히 귀뚜라미가 수없이 등장한다. 한자로 실솔(蟋蟀), 순우리말로 '귀똘이' '귓돌암'이라는 이름은 가을철 마당가의 숲이나 부엌에 주로 밤에 숨어서 귀똘귀똘한다고 해서 붙여진 이름이다. 가을밤에 섬돌 밑에 깃들어 울어대니 그 소리가 자연히 애달프고 처연해서 흔히 독수공방하는 여인네나 고향을 떠나 타향에서 잠 못 드는 나그네의 시름을 나타낼 때 많이 비유된다. 노천명은 "이런 모양 보여서는 안 되는 까닭에/숨어서 기나긴 밤 울어 새웁니다"라고 시인의 처지를 귀뚜라미에 의탁하여 노래했고, 유치환은 "가만히 스며나는 벽 뒤에서 울어대는 귀또리 울음소리－그러한 이웃들이 내게 있다"고 외롭고 가난한 이웃들에 대한 연대감을 노래했다.

이처럼 시나 소설에서 귀뚜라미에 의탁하여 작중의 정서를 묘사한 것은 고전 현대문학 할 것 없이 허다하게 많다. 매미나 나비와 같은 다른 곤충과 마찬가지로 그것들이 지닌 생태와 모양과 소리들의 특성을 잡아 유독 감정이입의 대상으로 즐겨 차용한 것이 귀뚜라미였다. 귀뚜라미는 1년을 산다지만 알을 낳고 겨울을 나고 봄에 깨어나 애벌레로 지낸 뒤 정작 노래를(혹은 울음을) 부르는 시기는 늦여름부터 가을까지 두세 달 정도이다. 짧은 기간 동안 주로 밤에 등장하는 귀뚜라미, 단조롭게 끊어졌다가 빠르게 이어지는 그 소리들은 듣는 이의 심사와 정황을 강화시켜준다. 듣는 이에게 고독감이나 원망이나 비탄이나 분노의 감정을 배가시켜주는 가을밤의 전령이다. 사람들은 그래서 이 작은 곤충에게서 자신의 깊은 곳에 숨은 정서를 투영하기를 좋아했다.

그러나 귀뚜라미를 이처럼 단순하고 막연한 외로움이나 한의 정서로 묘사하기보다는 보다 전향적이고 미래에의 전망으로 노래한 것이 있다. 가령 요즘의 중견 가수 안치환이 부른 〈귀뚜라미〉라는 노래가 그렇다. "높은 가지를 흔드는 매미소리에 묻혀/내 울음소리는 아직 노래가 아니오/풀잎 없고 이슬 한 방울 내리지 않는/지하도 콘크리트 벽 좁은 틈에서/숨 막힐 듯 토하는 울음/그러나 나 여기 살아 있소//지금은 매미 떼가 하늘을 찌르는 시절/그 소리 걷히고 맑은 가을 하늘이/어린 풀숲 위에 내려와 뒤척이고/계단을 타고 이 땅 밑까지 내려오는 날/발길에 눌려 우는 내 울음소리/그러나 나 여기 살아 있소 …(후략)…"

시절 하수상한 지금, 기타 줄에 실려 나오는 안치환의 '귀뚜라미'는 이제 노인들의 반려동물이 아니다. 그 작은 곤충들의 울음이 울분이나 탄식에서 미래에의 전망으로 전이되는 과정은 경이롭고 신선하다. 지금은 하늘을 찌르는 매미 떼의 시절, 그 소리 걷히고 맑은 가을 어린 풀섶 위에 뒤척일 귀뚜라미의 울음소리는 이미 거대한 함성이 되고 있다.

(2015)

다시 읽는 임꺽정

지난 연말, 문득 한 권의 책이 배송되었다. 벽초 홍명희의 문학과 사상에 관한 것이었다. 아, 이 사람 아직도 갖바치와 함께 구월산을 누비고 있구나 싶었고, 5백여 페이지에 달하는 책의 두께는 외우 채진홍 교수가 일찍이 임꺽정으로 학위를 할 때부터 야심을 드러낸 터여서 그리 놀라운 분량은 아니었지만, 조선의 한 산도적을 추적하는 저자의 일관된 관심과 열정이 반갑고 고마웠다. 임꺽정은 앞 시대의 홍길동이나 뒷 시대의 장길산과 함께 조선의 3대 대도로 꼽힌다. 우리가 즐기고 있는 이들에 대한 이야기들은 사서에 정작 한두 줄의 행적만 기록되어 있을 뿐이다. 있었던 일들의 역사와 있을 법한 일들의 문학이 만나기도 쉽지 않지만 한편으로는 그만큼 자유로운 상상력의 공간이기도 할 것이다.

저자는 이 책에서 그동안의 홍명희의 소설에 발견되는 이념이나 기법을 작품 내적 원리의 규명에 그치지 않고, 작가의 생애와 관련지어 그의 소설과 사상이 오늘날 우리에게 어떤 시사점을 주고 있는지를 강조하고 있었고 그 의미는 강렬했다.

"남북 정상이 올해 들어 세 번 만났다. 그것도 아메리카합중국 정치꾼들이 늘 머리 아파하는 판문점과 평양에서."로 시작하는 책의 머리말에서 저자는 이미 논거의 방향을 예고하고 있었다. 저자는 해방 이후 좌우대립이 극심하던 때 홍명희만큼 남북 단일정부 수립을 간절히 원하고 주장했던 대표적 인사는 없었다고 꼽았다. 그는 일제가 패망한 8 · 15를 우리 민족의 진정한 해방이 아니라 "미소의 점령사건"이라고 한 홍명희의 관점에 주목했다. 미소의 이해와 우리의 이해는 충돌할 수밖에 없는 국제적 형세임을 홍명희는 간파했다는 것, 그리하여 해방의 감격을 또 다른 비극의 씨앗으로, 6 · 25를 그 정점으로 지적하고 있다. 당시의 미소가 지금은 미중으로 바뀌었을 뿐이라는 첨언도 곁들였다.

정치적 이념과 문학적 신념은 늘 일치하는 것은 아니지만 홍명희만큼 개인사와 시대사가 일치하는 경우도 드물다. 이는 부친 홍범식이 경술국치에 통분하여 자결한 가족사에서보다도『임꺽정』에 촘촘히 배어나는 민족 정서와 민중적 삶, 반봉건 민족자결의 상징구조들에 말미암은 것임을 알 수 있다. 홍명희의 독립운동은 민족자결주의에 기반한 3 · 1운동에 연결되고, 민족통합운동은 신간회로 나타나며, 좌우대립을 지양하고 미소의 영향을 벗어난 남북 통일정부 수립의 열망으로 이어진다.

벽초는 육당, 춘원과 함께 식민지 조선의 대표적 문사로 거명되던 인물이었다. 춘원과 육당의 친일, 훼절은 급진개화와 무비판적 서구 수용의 결과물이었다는 비판을 면하기 어렵고 홍명희의 합리적 외세 대응은 의문의 북한 체류로 이어진다. 김구와 조만식과 홍명희는 신탁과 남북 단독정부 수립을 저지하는 데 실패하고, 각각 출생지인 북과 남의 반대편에서 암살, 총살 혹은 의문의 말년을 보낸다.

식민지배하에서 과거를 되새김하는 일은 아픈 오늘의 산물이었다. 지금/여기가 아닌 그때/거기, 강감찬 · 을지문덕 · 이순신 시대로의 도피는 그대로 당대 현실에 대한 소망적 사고의 표현이었지만, 소설이 현실과의 대응에서 오는 당대적 양식이라는 점에서 과거로의 후퇴는 작가의식의 부재라는 비난도 감수해야 할 것이다.

어제의 이야기가 흥행하는 오늘이란 당면한 현실이 얼마나 조야한 것인가를 반증한다. 조선 중기 산도적의 얘기로 거슬러 올라갈 수밖에 없었던 홍명희의 현실과 불과 한 세기 전의 김구와 조만식과 홍명희를 되새김하는 오늘이 얼마나 닮아 있는지는 시각을 달리할 수 있을 것이다. 그러나 남북미를 둘러싼 시대 상황과의 조응에서 닮아야 할 것과 닮지 말아야 할 것들이 무엇인가에 대한 인식은 중요하다.

어제에 관한 얘기는 내일을 위한 것이어야 한다. 오늘은 늘 어제의 산물임을 지각하는 능력과 자질이야말로 내일을 예비하는 지혜일 것이다. 연말정산서처럼 문득 배송된 한 권의 작가론을 펼치면서 새삼 한국 근현대사의 혼돈과 갈등을 다시 읽게 되는 새해, 선인들의 이념적 거취와 정치적 좌절에서 절망 아닌 희망을 보는 새아침이다.

(2019)

복면의 두 얼굴

탈 혹은 가면극은 우리나라 전 지역에 퍼져 있었다. 전승연희로서 독자적인 민간 예술의 한 갈래로 승격되어 국문학이나 민속학의 한 분야로 연구되고 계승되어온 지 오래다. 탈놀이의 중심 계층은 가진 것 없고 힘이 없는 하층민, 혹은 억압받는 주변인들이었는데, 흔히 양반을 풍자하거나 파계승을 조롱하거나 처첩 간의 갈등을 과장되게 표현하여 유머와 해학으로 당대의 위선과 허위를 공격했다.

탈춤은 그 유래가 동서양의 거의 모든 나라에서 같거나 비슷한 사연들로 채워진다. 탈춤이나 가면극은 결국 근대로 이동하는 시기의 민중들의 염원, 이른바 중세적 봉건질서와 가치관으로부터의 해방을 꿈꾸는 민중들의 몸짓이었다. 자신들을 그렇게 살도록 강요하거나 억압하고 있는 세력들－그 부정적 인물에 대한 분노의 감정과 야유가 중심이 되었고 같은 처지의 집단들에 대해서는 동정과 연민의 연대감을 드러낸다. 새로운 질서가 지배하는 세계에 대한 열망, 그 소망적 사고의 몸짓이라 할 것이다.

이 오래된 탈, 혹은 가면은 지금은 시연이나 연구의 대상으로 밀려나 있지만 그것은 시대의 변화에 따라 다른 유형의 표현방식 혹은 퍼포먼스의 행태로 변모하고 있을 뿐, 그 맥은 끊이지 않고 있다. 가령 스파이더맨이나 베트맨은 민중적 분노가 첨단화한 형태일 것이다. 거미나 박쥐의 형상을 본뜬 슈퍼히어로, 망토를 뒤집어 쓴 십자군, 가면의 추적자, 명탐정으로 동과 서로, 건물과 건물 사이로 날아다니며 악을 퇴치하는 이들의 능력은 막강한 무술과 첩보 능력으로 무장한다. 변장술과 잠입술이 뛰어나고 기억력과 판단력이 탁월한 슈퍼맨이다. 이 종횡무진의 소영웅들의 이야기는 수많은 가면무사를 낳았고, 그 이야기는 현재 수많은 게임과 애니메이션으로 재현되고 있으며 이러한 콘텐츠의 변환은 더욱 다양해지고 있다. 시위대의 복면이나 가면은 결국 이러한 인물들의 패러디이자 우리에게 익숙한 〈일지매〉나 〈각시탈〉 같은 드라마의 주인공들에 대한 모방이기도 할 것이다.

가면 혹은 복면의 본질은 그 저항성과 익명성에 있다. 세계의 여러 나라에서처럼 우리의 시위 현장에도 복면을 쓴 시위대의 모습이 심심치 않게 등장한다. 최근 복면을 쓴 시위대를 IS의 복면에 빗대어 시위문화의 개선을 위해 복면 사용 금지법을 마련하라는 대통령의 주문이 있었다. 광화문광장이 폭력의 현장으로 변질되어버릴지도 모를 사태에 대한 대통령의 우려로 보이지만, 그 비교는 잘못되었으며 본말이 전도되었다. 무엇인가를 주장하거나 반대하기 위해 뒤집어 쓴 시위대의 복면과 누군가를 죽이거나 폭파하기 위해 뒤집어 쓴 IS나 KKK의 복면은 그 용처가 다르다. 전자가 익명성과 인권의 보장을 위한 복면이라면 후자는 폭력과 범죄의 은폐를 위한 복면이다. 복면 시위를 금지하면서 동시에 위헌 평결을 내린 미국의 경우는 이 양자의 문제점들을 모두 포용한 것이었다. 복면 시위는 범죄와의 연결이 드러나기 전까지는 그것은 일종의 카니발 혹은 퍼포먼스적 행위이다. 복면이 방어이거나 은폐인 것은 오직 그 사후 결과에 의해서일 뿐이다.

그러므로 복면 시위 금지법은 인권과 표현의 자유에 대한 사전 억압이다. 마스크로 대표되는 어떤 사람의 얼굴은 익명의 권리로 보장되어 있으며 사회적으로 용인되어야 한다. 자선은 익명으로 접수되고, 주의 주장은 익명으로 안 되는 이유는 무엇인가. 인터넷에서의 ID는 가명과 익명과 실명의 기능을 모두 수행한다. 다만 그 표현적 기능이 다를 뿐이다. 동물 애호가들이나 성매매 혹은 성소수자들의 시위에 강아지 모양의 복면이나 다른 어떤 가면이 금지되는 상황이야말로 이들의 인권과 체면을 압살하는 행위일 것이다.

요즘에는 '어반 아트'라고도 불리는 그래피티라는 신종 도시예술 형태도 등장했다. 벽에다 그리는 일종의 대형 그림낙서인데 뉴욕의 지저분한 도시의 거리를 캔버스로 활용하면서 시작된 신종 미술조류이다.

최근 대통령을 풍자한 그림이 몇 군데에서 발견되었고 '범인' 색출이 시작되었다고 한다. 이 신종 낙서예술을 구경하기 위해 도시 곳곳의 어두운 거리들을 찾아다니는 마니아들도 있는 판국에 낙서 제작자를 잡아내기 위한 범인 색출 작업은 시대착오이다. 풍자의 대상이 되지 않는 어떠한 정치도 정치가도 없다. 가면도 낙서도 표현이다.

이제 마스크 한 채로는 광장에 설 수 없는 시위 참가자의 모습은 상상하기에 슬프다. 정작 벗겨져야 할 것은 마스크에 가려져 있는 역사 왜곡의 얼굴들이다. 복면은 역사에 호응하는 우리들의 자유의지이자 퍼포먼스의 방식이지만 복면을 쓰고 있는 역사는 공포이다.

(2015)

싱크홀

땅은 꺼지지 않고 하늘은 무너지지 않는다는 믿음이 깨졌다. 최근 잠실 석촌의 지하차도에서 땅이 내려앉아 구덩이가 패였고 잇달아 빈 구덩이 공간이 발견되면서 사람들이 혼비백산하고 있다. 지름 2.5m, 깊이 10m의 빈 구덩이가 발견된 지 며칠 만에 길이 13m, 깊이 2.3m 규모의 빈 구덩이가 추가로 발견되면서 시민들을 긴장시키다가 무려 80m나 되는 동공을 포함한 대형 동굴이 추가로 여섯 개가 발견되기도 하였다. 동네 길이 갑자기 낯설고 무서워진 시민들은 언제 땅이 꺼질지 모르는 불안에 떨고 있다.

서울시에서는 석촌호수 인근에 건설 중인 롯데월드 신축 건물과의 직접적인 관련성은 없어 보이며, 지하철 9호선 터널공사가 이들 빈 구덩이의 원인으로 추정된다고 발표하였다. 시민단체는 그러나 이 현상들이 지하철 9호선 공사가 원인이라고만 단정할 수 없다고 주장하고 있다. 또한 석촌동 지하차도에는 과거 균열 보수공사가 진행된 흔적과 주변 도로 곳곳에 아스팔트가 내려앉은 부위를 땜질한 흔적이 그대로 남아 있다며, 이는 상당 기간에 걸쳐 이상 징후들이 연이어 나타났음을 보인 것이라 했다.

서울시는 이 빈 구멍들은 굴을 뚫는 공사 과정에서 연약한 지반을 건드리고도 지반의 틈새를 메우지 않아 도로가 내려앉으면서 생긴 것이라고 발표하였지만, 신축 중인 초대형 롯데월드가 원인으로 밝혀진다면 주변 1~2km 모두를 대상으로 지반 정밀검사를 해야 할 판이다. 3년 전에 83톤에 불과하던 하루 평균 지하수 유출량이 올 들어 450톤까지 늘어난 점을 감안하면, 지하수 유출로 인해 석촌호수 수위가 낮아지고 주변 지역의 지반이 침하하는 사태는 충분히 예측할 수 있는 일이다.

제2롯데월드는 123층, 555m 높이의 국내 최고층 건물이다. 그룹 회장의 오랜 숙원사업으로 알려진 이 30여 년에 걸친 장기 프로젝트는 그동안 대통령이 네 번이나 바뀌는 동안에도 인허가가 나지 않았다고 한다. 교통 · 환경 · 국방의 문제에 저촉된 때문이었다. 서울 최고의 명물을 만들겠다는 그룹 회장의 의지는 많은 구설과 비난, 반대에도 불구하고 마침내 토목공사에 대해 지대한 관심과 야망을 가진 새 대통령이 들어서면서 정부 승인을 얻게 되었다. 비판과 우려를 동시에 안고 시작한 이 대형 공사는 완공 시점을 2년 앞두고 지금은 완공된 저층부의 일부 개관을 서두르고 있다.

그러나 롯데월드 주변에서 잇달아 발견되는 이 공동들은 지금 이 거대한 도시의 풍문으로 혹은 괴담으로까지 변하여 우리에게 공포로 엄습해오고 있다. 토목 쪽에서는 이러한 가라앉아 생긴 구멍을 'sink hole'이라 한다는데, 이는 'think hole'로 들린다. 지반 침하 현상은 지구의 어느 곳에서나 일어날 수 있는 현상 중의 하나라고는 하지만 지금, 여기에서, 이처럼 발생하고 있는 현상은 참으로 시의적이다.

지하의 어느 통제소에서 지상으로 보내오는 모스 부호, 이른바 지하수의 네트워크를 방해했을 때 생기는 이 싱크홀이야말로 자연과 문명, 환경과 인간의 불화가 만들어낸 재앙이 아닐 수 없다. 지금 수도 서울에 떠도는 풍문과 싱크홀 괴담은 이 도시가 우리에게 들려주고 있는 하나의 우화이다. 이 도시의 알레고리는 자연이 문명에게 전해주는 메시지이지만 당연하게도 그 이야기의 생산자는 바로 우리들 자신이다.

자연은 문명을 깨우친다. 그것은 질서와 법칙에 의해 운행되는 자신의 문법에 의해서였다. 자연은 일시적으로 문명에게 정복당하지만 문명의 만용은 언제나 용서하지 않았다.

자연은 순종하는 자에게만 복종한다는 역설은 중요하다. 이 거대한 도시, 마천루의 지반에 문득문득 출몰하는 크고 작은 빈 구멍들은 자연이 문명에게 주는 작은 신호일 것이다. 크고 많고 넓고 높은 것만을 좇아온 우리들의 자본과 욕망과 허영에게 내미는 경고일 것이다. 삼풍도, 씨랜드도, 성수대교도, 대구 지하철도, 세월호도 모두 부실이라는 이름의 함몰된 우리들의 정신의 싱크홀에 다름없다. 그러므로 싱크홀은 이미 지리학이 아니다. 그것은 지금 우리에게 정신의 사회학이지 않으면 안 된다.

(2014)

술 권하는 사회

현진건의 「술 권하는 사회」에서 남편은 거의 매일 술에 취해 들어오는데, 도대체 무엇 때문에 그토록 술을 마셔야 하는지 궁금해하는 전통적인 조선 아낙의 모습이 그려진다. 이날도 자정이 넘어 들어온 남편을 탓하자 동경 유학생 출신인 남편은 이러한 아내의 모습에 더욱 답답해하면서 술을 마시기 위해 다시 밖으로 나간다. 집을 나서는 남편의 뒷모습을 바라보며 아내는 절망하여 남편의 넋두리를 흉내 내어 중얼댄다. "그 몹쓸 사회가 왜 술을 권하는고!"

이 작품은 3 · 1만세운동이 일어난 직후의 희망과 울분이 교차하던 식민지 조선 지식인의 우울한 일상을 그린 단편소설이다. 3 · 1운동은 그야말로 조선 독립의 염원과 민족 에너지가 동시에 분출되었던 역사상 유례 없는 민중봉기였다. 윌슨의 민족자결주의는 희망의 불씨였고 고종의 서거는 비탄의 눈물이었다. 만세운동에 놀란 총독부는 이후 모든 집회 결사의 자유를 일부 허용하거나 신문과 잡지의 발간을 일부 허가하면서 소위 문화정책을 표방하기도 하였지만, 무엇보다도 상해 임시정부의 출범은 삼일 민중봉기의 위대한 산물이었고 민족 역량에 대한 자부심의 확인이었다. 그러나 수많은 인명 사상과 체포 구금은 조선인의 역사적 승리 못지않은 사회적 절망감을 안겨주었다.

3 · 1만세운동 100년, 지금의 우리는 순결하기 짝이 없는 민족자결론 대신 한반도 비핵화라는 험난한 과제에 짓눌려 있고, 식민지 조선은 남북분단이라는 상황으로 대체되어 있다. 몹쓸 사회가 술을 권한다고, 식민지 시대의 이 땅의 남정네들이 아내에게 둘러대던 핑계가 지금 다시 새롭다. 그때나 지금이나 똑같다는 넋두리는 단순한 역사적 비관주의의 산물일까 아니면 오늘의 우리가 처한 상황에 대한 합당한 진단의 결과인 것인가.

강대국의 민족자결주의 주창은 당시 식민지배하에서 신음하고 있거나 갈라져 있던 민족국가들에게 희망의 불씨였지만 한편으로 어떤 강대국들에 의해서는 억압이나 민족 분리를 부추기는 수단으로 악용하기도 했던 사례들은 아이러니이다. 역사는 반복되는 것인가 다만 발전하는 것인가. 이 해묵은 논쟁에 오늘의 한반도는 어떻게 대답해야 하는 것인지. 인간성에 기초한 역사적 행태는 반복한다고 말할 수 있고 정치적 과오들을 바로잡았던 수많은 사례들에서 우리는 역사의 진보를 목도하게 되지만, 그러나 역사는 때로는 퇴보한다는 역설과도 만나게 된다.

만세운동 한 세기를 기념하는 지금, 친일반민족행위자로 등재된 인물들에 대한 단죄가 속속 이어지고 있다. 한때는 독립운동의 숨은 조력자였거나 교육구국의 이념을 실천한 애국지사였던, 말년의 탄압을 견디지 못해 친일로 돌아서고 말았던 일부 인사들에 대한 단죄도 속속 이어졌다. 그들에게 주어졌던 포상 훈장은 회수, 박탈되었고 그들의 이름을 딴 도로명이나 기념관은 취소되거나 헐리게 되었다. 역사의 준엄함은 한 생의 후반기 혹은 하루 반나절의 훼절, 변절도 용서하지 않았으며 그들 개인사를 안타까워할 시간적 여유도 허락되지 않고 있다.

그러나 지금 우리는 식민 잔재를 청산해야 한다는 당위 이상으로 정치행태의 적폐를 청산해야 할 상황에 처해 있다. 미래를 예측해야 하는 역사 인식 없는 과거로의 집착과 퇴행으로 치닫고 있는 오늘의 사태들 앞에서, 지금 우리는 분노해야 한다. 비속한 언어와 저급한 행위로 넘쳐나는 오늘의 반역사가 우리에게 다시 술을 강권하고 있다.

검증과 합의와 평결에 의한 민주항쟁을 이질집단의 폭동으로 날조하거나 탄핵하여 단죄되었던 정권의 부활을 외쳐대는 모습들을 생중계로 바라보고 있다. 민주가 비민주에 의해 위협받고 있는 악순환으로 이어지고 있다.

역사는 회귀가 아니라 예측이며, 왜곡이 아니라 해석이다. 올곧은 현실인식만이 역사의 진보를 담보해준다. 지금 우리는 남북미의 평화를 기약하기에 앞서 이토록 저급한 남남 반목의 행패에서 벗어나야 한다. 한 세기 전의 그 집 나서는 사내의 넋두리가 아직도 귓가에 맴돈다. "그 몹쓸 사회가 왜 술을 권하는고!"

(2019)

#『친일행적사전』

최근『친일인명사전』에 말이 많다. 민족문제연구소에서 펴낸 이 사전은 과거 매국행위에 가담하거나 독립운동을 탄압한 반민족행위자, 군수나 검사, 소위 등 일정 직위 이상 부일 협력자 등을 수록했으며, 대중적 영향력이 큰 교육이나 언론, 종교계 종사자와 지식인 등은 더 엄중한 기준을 적용했다고 한다.

일이 이쯤 되다 보니 이 사전에 등재된 인물들 본인은 물론 관련 유족들의 항의와 해명이 이어졌으며, 그 파장은 만만치 않다. 어떤 유족은 자신들의 선대의 '역사적 과오'에 대해 정중히 사죄하는 성명을 발표하는가 하면 어떤 유족은 사실무근, 왜곡, 과장을 들어 인명사전에 항의했다. 보수 우파 단체와 민족문제연구소 간에도 논쟁이 벌어졌다. 20여 개 보수주의 성향 단체들은 기자회견을 열고, "민족문제연구소는 대한민국의 건국을 부정하고 정략적 목적에 의한 친일 조작, 역사 왜곡으로 대한민국의 지도자들을 근거 없이 음해하고 있다"며 "체제 수호와 국가 안보 차원에서 민족문제연구소를 반국가 이적 단체로 고발할 예정"이라고 밝혔다.

이에 대해 민족문제연구소 측은 "해방 공간에서도 독재정권하에서도 친일 세력은 반공을 전가의 보도처럼 사용했다. 친일에서 친미·친독재로 권력과 부를 좇아 기회주의적인 변절을 거듭한 자들과 반성하지 않는 그들의 후예들이 치부를 감출 수 있는 유일한 공간이 반공"이라며 "좌파 인물이나 월북 인사들에 대한 (친일의) 객관적 증거가 확보되고 기준에 부합한다면 어떤 인물이라도 사전에 등재할 것"이라고 반박했다.

일부 극우, 보수 세력들은 구체적 친일 행위가 드러난 여운형, 안재홍 등을 고의로 조사 대상에서 제외하는 등 좌편향적인 시각으로 사전을 편찬한다는 의혹을 제기하였고, 친일진상규명위에서는 좌익편향에 대한 지적을 반박하여 여운형, 안재홍 등은 친일행위가 없음을 공식적으로 확인하기도 했다. 유명보수 논객 J씨는 자신의 블로그에 올린 "친일파(親日

派)와 친북파(親北派) 비교"라는 글을 통해, L씨는 『뉴데일리』에 기고한 「친일사전 만든 이유」라는 글에서 친일행위를 나라를 잃은 백성으로서는 불가항력적인 선택이었다고 규정하고, "이미 일제에 의해 조선이라는 나라가 사라진 마당에 식민지의 대중과 지식인들이 생계를 위해서건, 출세를 위해서건 체제에 순응한 것은 당연한 일이고 이를 탓하는 건 가혹한 일"이라고 주장하고 나섰다.

우리의 근현대문학 분야의 경우에도 수많은 인사들이 여기에 등재되어 있다. 이인직은 『혈의누』 같은 근대적 기법의 소설을 썼지만 친일적 언행으로 일관했고, 이광수는 『무정』 같은 근대적 장편소설을 썼지만 민족을 개조해야 한다고 주장하였으며, 주요한은 「불놀이」를 썼지만 대동아공영을 외쳤다. 김동환은 『국경의 밤』을 썼지만 각종 친일단체의 핵심으로 활약했고, 유치진은 「토막」을 무대에 올렸지만 '국민연극'을 주창했고, 최재서는 서구 주지주의 문학을 소개하면서 일본 국민의 이상을 담은 문학을 주창했다. 백철과 김기진은 인간탐구론을 폈다가 '국민문학' '황국문학'으로 돌아섰으며 서정주는 「화사」를 썼지만 창씨개명하여 황군으로 출정하는 조선 청년의 가슴에 그려진 '자랑스러운 일장기'를 노래했다. 이효석, 안수길은 「메밀꽃 필 무렵」, 『북간도』를 썼으면서도 한편으로는 내선일체를 작중의 남녀 문제로 실천했다.

일제 암흑기의 "쓸 수도 없었고 안 쓸 수도 없었던" "그렇게라도 하지 않으면 살아남을 수 없었던" 당시의 참혹한 감시, 검열, 회유의 문단 사정을 짐작게 해준다. 이처럼 우리의 근대문학사 교실은 우리를 궁지와 비애 속으로 몰아넣는다. 단재나 박은식의 역사전기소설의 준열한 역사의식을 얘기할 때나, 한용운, 이육사, 소월의 시 정신의 매서움과 망국인의 정서를 얘기할 때는 신명이 나지만, 이광수나 최재서를 얘기할 때면 이들의 문학적 성취에 따라붙는 시대에 대한 개인의 책임에 토를 달지 않을 수 없다. 역사는 다만 흘러 지나간 과거가 아니라 기록되어야 한다는 점에서, 그리고 그 기록은 오늘의 우리에게 기억되어야 할 뿐만 아니라 우리가 앞으로 참여하지 않으면 안 될 미래에 대한 예측의 자료로 사용되어야 한다는 점에서 사실의 진실성과 판단의 냉혹성은 필수적이다.

갑오–을사–합병–3 · 1운동–광복으로 이어지는 격동의 한국 근현대사는 당시의 지식인들에게 봉건적 질서로부터 벗어나려는 열망과 식민지배에 대한 저항이라는 이중삼중의 역할이 요구되었던 시대이다. 그들은 시인이자 기자이며 독립운동가의 역할이 함께 요구되었으며 그 시대적 중압감은 무겁지 않을 수 없었다. 어려운 시대일수록 정치인, 문인, 학자, 언론인들은 민족과 국가에 대한 자신의 시대이념이나 가치관의 주체적 태도를 결정해야 했으며, 일반 대중 또한 그들 나름의 시민적 자각이 요구되기도 했다. 어려운 시대일수록 자신의 삶의 이념에 대한 선택은 필수적 요건이 된다. 이른바 '선택'이란 우리들의 삶을 지배하는 보편적 원리이며 방식이다. 우리가 세상에 태어난 것은 자신의 의사가 아니었지만 그가 어느 길을 갈 것인가의 결정은 전적으로 자신의 의사이다. 그 결정은 자유로운 것이지만 그 선택은 책임이 따를 수밖에 없다.

한 인물에 대한 평가는 따라서 그의 삶의 총체성을 드러내는 것이어야 하므로 그 판결은 조심스럽고 냉엄할 수밖에 없다. 가령 최남선의 경우, 신문화운동을 폈고 3 · 1운동 때는 독립선언문을 기초했으며 민족대표 48인 중의 한 사람으로 체포되어 2년 6개월 형을 선고받은 것이 그의 전반부의 생애이다. 이후 1938년 조선총독부 중추원 참의가 되어 『만몽일보(滿蒙日報)』의 고문을 지내고 일본 관동군이 세운 대학의 교수가 되었고, 재일조선인 유학생의 학병 지원을 권고하는 강연을 했으며, 광복 후 친일반민족행위자로 기소되어 1949년 수감되었으나 병보석되기까지가 그의 후반의 생애였다. 그리고 6 · 25 때 해군전사편찬위원회 촉탁이 되었다가 서울시사(市

史) 편찬위원회 고문으로 추대되었고, 그 후 국사 관계 저술을 하다가 뇌일혈로 작고한 것이 그의 말년이다. 백과사전의 이 기록은 역사와 사회에 대한 그의 관점이 극명히 갈리면서 후반기에 이르러 그의 역사적 과오는 씻을 수 없는 것이 되었다.

김성수의 경우는 논란이 가장 심하다. 그는 일제강점기에 기업활동, 언론활동, 교육활동, 독립운동의 모든 영역에서 역사에 기록되어야 할 혁혁한 활동을 한 사람이다. 그의 '친일'에 반하는 활동은 기미년 독립선언 준비에서부터였다. 송진우와 함께 학교를 운영하면서 동아일보를 설립하였고 기사 삭제, 압류, 배포 금지의 탄압에 대항하였다. 그는 손기정 일장기 말소사건이나 물산장려운동의 배후자였으며 대한민국 임시정부와 안창호의 기금 후원자였다. 보성전문학교 인수와 고려대학 승격 역시 교육구국에 대한 일념의 실천이었다. 그러나 태평양전쟁 이후 창씨개명에 응하지는 않았지만, 이후의 그의 삶이 친일의 의혹에 빠진다. 그의 '부일협력'의 이력을 보면, 친일단체의 총무위원(국민총력조선연맹), 준비위원(흥아보국단결정준비위원회), 감사(조선임전보국단)로 활동하면서 학병제 징병을 찬양하는 글을 쓰거나 강연했다. 이는 총독부의 가혹한 감시와 탄압을 피하기 위한 호신책이었을 가능성도 배제할 수 없다는 견해도 있고, "문제의 '학도병' 기사는 조선총독부 경무국의 압력을 받은 총독부산하 기관지 매일신보사의 기자 김병규가 유진오와 상의한 뒤에 대필하여 승인을 받은 글"이라는 증언도 있다. 인촌의 친일 의혹에 대해 "일제 시대에 인촌 같은 이가 없었다면 과연 우리가 자주독립의 기반을 닦을 수 있었을까 하는 의문을 갖는다. 그 시대를 살아보지 못한 사람들이 흑백논리적 잣대로 역사인물을 평가하는 것은 어색한 일"이라는 증언도 있다. 김수환 추기경의 "그런 어른을 단순하게 관찰하고 친일이라고 몰아붙이는 것은 해도 해도 너무한 일입니다"라는 변호도 있다. 아무튼 그는 광복 후에 군정기와 정치활동을 통해 이러한 친일에 반하는 활동을 보여준 바 있다.

『친일인명사전』에는 분명히 친일에 복무한 인사들의 이름이 실려 있다. 그리고 그것은 '증거'에 의한 것이었으며, 따라서 그들의 시대적 과오는 단죄되어야 한다. 그러나 역사는 현재적 관점의 산물이면서 그 평가는 미래를 위한 것이므로 한 인간의 역사적 총체성은 개인적 사실(fact)의 합을 넘어서는 어떤 것이어야 한다. 우리는 독립운동가, 문인, 교육자, 정치인의 이름에 부합되지 못했던 그들의 삶을 안타까워하면서, 한편으로 부분이 전체를 대신하는 평결도 아울러 경계해야 한다. 식민적 상황에 대한 고려 없는 어떠한 지적 · 사회적 활동에 대한 평가도 온전한 것이 아니라는 비평적 관점은 중요하다.

그리하여 '친일인명'이라는 명명(命名)의 폭력성을 경계하지 않은 진단은 또 다른 폭력일 수 있다. 이름이란 그렇게 불러줌으로써 그렇게 존재하기 시작한다. 이름이란 세상에 대해 내세우는 자신의 독자성과 절대성의 소산이며 그 존립의 근거일 것이다. 육당과 인촌과 춘원의 '친일'은 그러므로 '행적'이지 '인명'은 아닐 것이다.

이름이란 자신의 이상을 담은 하나의 환상일 수도 있지만, 중요한 것은 그 이름들이 추구하는 바의 가치일 것이다. 그들은 친일의 '행적'을 우리에게 보여주었지 친일의 '인명'을 대신하지는 않았다. 그들을 『친일인명사전』에 등재할 것이 아니라 『친일행적사전』에 등재시켜야 한다. '친일'은 '인명'이 아니라 '행적'이어야 한다. 이는 어려운 시대를 살았던 이들에 대한 용서도 아니요, 절충도 아니다. 의견이 아니라 사실에 기초해야 하는 역사방법론의 반영일 뿐이다.

(2010)

제3부

ⓒ박노련

탈속의 삶과 예술적 존엄

화가 박노련이 타계했다. 죽음은 늘 마른벼락 같고 떨어지는 운석처럼 황당하기 마련이지만, 생을 마감한 그들의 작품들은 그래서 더욱 아프고 새롭게 우리 앞에 다가온다. 박노련의 그림을 기웃거린 세월도 어느덧 40년이 넘었다. 한 작가의 붓의 이행을 따라가 보는 재미는 결국 그의 이념이나 정신의 습관을 훔쳐보는 즐거움에 다름 아니다. 나는 그를 오래 들여다보았고 그러는 동안에도 어느 사이 조금씩 변해 있는 정황들을 발견하는 재미 또한 경이롭다.

박노련의 전업 작가로서의 출발은 1983년의 구상전(具象展) 공모에 입상하면서부터였다. 그는 이즈음 동인활동을 활발히 하는 한편 한동안 미술교사로 재직했다. 이후 그는 도청 문화

전문위원을 역임하기도 했고 후에는 모교의 강단에도 서보기도 했으나 그것들은 모두 짧은 기간에 불과했다. 그는 규칙에 서툴고 자율에 익숙해 보였다. 큰 키에 더부룩한 머리, 마른 체구에 검은 테 안경, 술에 약하고 논쟁에 강했다.

초기 그의 그림들은 대체로 색채의 교감과 이미지가 만들어 낸 세계였다. 그의 대상은 자연이었고 거기에서 그는 주요 모티프를 빌려오지만, 그것들은 거의 기호나 혹은 붓놀림의 대상으로 처리되고 그가 정작 공들이는 것은 소재의 즉물적 의미가 아니라 그것들을 묘사하는 과정이었다. 하늘과 새와 나무와 꽃과 기억 속의 집들은 문지르고 긁고 뭉개는 작업을 반복하면서 변형되거나 축소된다. 그의 이러한 무수한 색채의 결과 흔적은 자신의 세계인식의 과정 혹은 자기 탐색의 과정이라 할 것이다. 그것은 당시 동년배의 다른 작가에서 쉽게 발견할 수 없는 그만의 독자적인 경지였다.

당시의 그가 보여준 색채의 교감과 이미지들은 정서와 사물이 만남이 이루어낼 수 있는 한 경지를 보여주었다. 그것이 주는 따스한 평화나 아련한 그리움, 또는 무겁지만 어둡지 않은 정신의 깊이는 절제되고 다스려진 현대 회화의 한 고전미를 보인 것이었다. 1993년의 개인전 브로셔에서 나는 이러한 그의 회화적 성취를 말하고 끝머리에 하나의 질문성 주문을 던진 적이 있다. 예술이 높은 정신주의보다는 삶의 치열성에 관련되어 있음을 우리가 익히 보아왔듯이 작가는 이제 자신의 대상을 표현하기보다는 해석하고, 해석하기보다는 구현해도 좋을 시점에 와 있다는 것, 그의 그림이 색채 이미지와 질감이 만들어낸 아름다움의 한 경지임은 분명하지만 우리는 풍경 밖으로 밀려난 '사람들'을 호출하여 좀 더 서사적인 구도 안으로 끼워 넣어야 한다는 것, 그리함으로써 이러한 일련의 작업들은 마침내 〈'자연' 속의 인간〉보다는 〈자연 속의 '인간'〉의 의미를 더욱 심화 · 확대시킬 수 있지 않을까 하는 욕심, 희망 같은 것들(박노련전, 색채의 교감과 이미지의 세계, 캠브리지갤러리, 1993).

그러나 그의 작업에 대한 이러한 주문은 조금 사치스러운 것이거나 그의 체질에 반하는 것이었음을 나중에야 알았다. 나의 주문은 그의 방식이 아니었다. 당시는 우리 사회에 1980년대의 광주항쟁, 민주화운동, 88올림픽, 베를린 장벽의 붕괴와 소비에트 연방의 해체, 신세대 문화의 등장 등 국내외의 사회변동이 급속한 때였다. 문학 미술계에도 이러한 유행사조에 대한 팬데믹이 왔다. 이른바 거대 담론들이 시들해지고 무언가 새로운 것들을 갈망하던 때였고, 오래된 전통인 단색조 추상을 잇는 모더니즘 계열의 미술 반대편에 정치탄압이나 사회적 압력에 맞서겠다는 민중예술이 등장한 것이다. 반독재 민주화운동 과정에서의 저항의식 분출은 당시의 젊은 작가들에게 매혹적인 것이었다. 예술이 그 독자성만큼이나 사회와의 상관성도 깊다는 명제야말로 당시 이 땅의 많은 창작가들의 중심 테마였다. 여기에다 포스트모더니즘 혹은 해체라는이름의 새로운 유행사조가 또 다른 대안으로 등장했다. 개성의 난투장 혹은 탈모던으로 대표되던 후기산업사회의 미술은 하나의 흐름이었다.

그러나 박노련은 이러한 사조들에 대해서도 무심했다. 이념으로서가 아니라 체질로서 그는 예술의 운동성과는 거리를 두고 있었다. 당시 그와 함께 어느 전시를 관람한 적이 있었는데, 사간동에서 그날의 전시는 박노련에게 많은 것들을 생각게 하는 듯했다. 내걸린 30여 점의 대작들은 보는 이들을 압도했다. 무너진 갱도와 어둠 속에서 끌어올려지는 광부들의 퀭한 눈빛이 화면을 채우고 있었다. 삶의 현장이 거기 있었다. 이날 우리는 인사동의 주막에서 회화는 어디까지 기법이고 이념일까, 자기 세계와 사회 이념과의 심미적 결합은 어느 지점에서 가능한 것인가를 안주로 삼았다.

그의 그림은 이후 더욱 자신만의 방법 속으로 스스로를 몰입시키는 듯했다. 이 시기의 그의 작품 경향과 성과를 집약한 것이 96, 98년 광주와 서울에서 잇달아 열린 전시였다. 주로 화이트 톤에 의존했던 광주 전시가 서울 전시에서는 갈색 혹은 황색 톤이 가미된 정도의 차이일 뿐이었다. 이즈음의 그의 사물은 점점 그 형태가 제거되기 시작했고 그것들은 마티에르의 다양한 운용에 의해 상징이나 기호의 형태로 지워지거나 짓이겨졌다. 문지르고 버무르는 작업을 반복하면서 남긴 붓과 칼의 흔적들이 화면을 채웠다. 〈바람의 자리〉 〈우중산책〉 〈기억〉 연작들은 모티프에 대한 즉물성이나 재현적 요소가 억제하고 다만 붓과 칼이 지나간 자리만을 보여주었다. 이때의 까칠까칠하거나 지우고 덧씌우는 데 사용한 질료의 질박, 돌올, 고졸미는 박노련 화면의 정신의 유희 혹은 사유의 행로를 짐작게 한 것이었다.

이 시기의 그의 작품에 대한 평가는 대체로 작가의 순수 혹은 자연친화적인 면모에 모아졌다. 가령 “순수하고 절대적인 것을 향해 내면으로 침잠해가는 자연과의 대화하는 탈속의 순수성”(장석원, 탈속의 순수성과 회화성, 박노련전, 송원갤러리, 1996)이나 “작위성을 벗어난 자연과의 인격체로서의 시적 언어”(주홍, 소박함, 자연스러움, 그리고 순수, 현대작가 초대전, 1995)라는 평가가 그것이다.

2007년의 광주 시립미술관의 중견작가 초대전은 오랫동안 칩거하다시피 한 담양의 매산리 시절을 보고하는 중간결산 같은 성격의 전시였다. 그동안 기미나 암시로만 제시되어 오던 작가 박노련 회화의 이념적 · 기법적 특성이 한층 강화된, 회화의 변곡점을 알리는 전시라 할 만했다. 화면을 지배하던 다양한 화이트 톤은 황톳빛 단조로 바뀌었고 대지를 적시는 비와 물의 흔적, 대지 위의 생성의 씨앗들이 몇 개의 점과 선으로 단순화된다. 기왕의 색조가 단색화되고 그 변조만 남는다.

이즈음의 대지와 씨앗 연작들에는 우주적 연민 혹은 생성과 소멸의 원리에 대한 애모가 들어선다. 이 원초적인 것에 대한 묘사는 대지의 표면이 벌어지고 갈라지고 벗겨지는 이미지들로 채워진다. 작가는 이를 "생명의 원형이나 사물의 본질이 잠재된 무의식"의 표현이라고도 했다. 그리하여 "자연의 형상을 그렸다가 지웠다가 다시 그리는 작업을 반복하면서 자연과의 대화를 반복한다"(장경화, 「17년 만의 외출, 선비 화가의 무심」 대지와 씨앗, 자연의 생명, 광주시립미술관, 2007)라는 해석이 뒤따랐다.

2013년 아내와 함께 피렌체, 시칠리아, 튀니지로 장기 여행길에 올랐다. 수개월 동안의 여행은 그동안의 선방 같았던 매산리 작업실이 그에게 허락한 휴가인 셈이었다. 그는 지중해의 해안 마을이나 시칠리아섬을 돌며 스케치하고 드로잉했다. 그가 여행지에서 만난 풍경과 사물들은 담양의 그것들과는 어떠했는지, 여행은 잠재적으로 자기부정이나 그 의심을 위한 자발적인 행위이기도 하지만, 또 다른 자기발견이나 확인의 순간은 아니었는지, 매산리의 바람과 지중해의 바람은 다만 공간을 위한 대안의 바람이었는지 아닌지, 돌아오기 위해 떠나는 여행이나 귀향하여 느끼는 실향 의식은 또 무엇인지, 이즈음의 그의 여행지란 그가 맞이한 역설의 공간들이었다.

여행에서 돌아온 그는 다시 유학 중인 아들네와 밴쿠버에서 일 년을 보냈다. 작업 공간을 따로 마련하여 그리기를 계속했다. 이 기간 동안 페루와 안데스에 탐닉했던 기록들로 잉크화 수백 점을 만들었다.

오래 비워두었던 매산리의 작업실은 그사이 많이 낡아 있었다. 무정면의 무정동초등학교 폐교로 작업실을 옮기기로 했다. 하늘에 매 두어 마리 노닐고 뜨는 해 지는 달이 번갈아 머리 위를 스쳐가던 곳, 그러나 물도 전기도 없어 수리 보수하는데 시간이 오래 걸렸다. 3개 동의 교실이 작업실과 목공실과 전시실로 만들어졌다.

오래 드나들며 꾸며온 무정의 작업실에는 늘 아득한 적요가 밀려들었다. 넓고 아늑하고 고즈넉한 공간에서 그는 새로운 화면들을 구성하기 시작했다. 대형 캔버스에 갈색 톤의 단조 화면이 길게 혹은 겹으로 이어지고, 까칠까칠하고 돌올하게 지나가던 기왕의 붓자국 흔적들이 사라지고, 다만 하나의 단색이 침묵으로 가라앉았다. 돌멩이가 물 위를 지나간 뒤의 물수제비이거나 내면 깊이에서 올라오는 기포 같은 것이 하나의 결을 이루고, 굴곡이나 균열이 일정한 방향으로 움직이거나 단색조의 벽면에 응고되어버린 듯한 액체의 형상이 정지 화면처럼 떠 있다.

까칠까칠하고 돌올한 붓자국이 남긴 매산리 때의 고졸미는 사라지고 그 대신 깊은 침묵의 언어가 자리 잡았다. 이는 그가 이미 30대에 구상이 갖는 허무를 학습했던 것과 무관하지 않다. 그리다가 문지르고 지우기를 반복하는 붓과 칼의 흔적으로만 채워졌던 어느 〈풍경〉은 이미 지금의 향방을 예고한 것이었다. 물수제비는 마음의 파동이거나 기포요 응고되어버린 액체 같은 미정형의 형태는 불온한 우리들의 일상의 은유이며 일정하게 연쇄로 이어지는 무늬의 결은 그 퇴적물이다.

박노련은 그러므로 결의 화가였다. 바람의 자리는 상상의 공간이며 그 흔적이야말로 침잠과 사유의 과정일 것이다. 무정에서의 최근의 작업은 장년을 넘어가는 작가의 명징한 자기웅시의 시간이 만들어낸 산물로 보인다. 구상성으로부터의 이탈은 그린다는 행위의 무위 무상성, 그것이 얼마나 본질일 수 있는가에 대한 회의이다. 추상화 · 단조화는 관념화 · 단순화로 내닫는 우리들의 삶의 보편적 원리에 닿아 있다.

병세가 흐릿해지고 그는 문득 심심파적으로 작은 캔버스들을 꺼내들었다. 마크 로스코에의 오마주. 로스코의 어떤 색면에 그가 이끌린 것인지, 엄습해 오는 어떤 감정의 그림자가 화면을 검고 붉은 균열로 분할하고 있었다. 서늘한 기운이 밀려왔지만 그 균제미가 절묘했다. 그것은 하나의 예감이었다. 방역으로 면회가 금지된 가운데 간호사를 통해 그의 메모가 전해졌다.

— 시방 나는 즐겁소, 책과 드로잉 북이 왔으니.

아내 이해선에게 보낸 쪽지였다. 2020년 6월 15일 이른 새벽, 그가 떠났다. 탈속의 삶과 정통 회화의 존엄을 함께 보여준 예순여섯 해였다.

(2020)

상처의 옹호

윤길중의 사진들은 지금까지 우리가 생각해 오던 가치나 의미에 대해 다시 질문한다. 최근 몇 년간의 그의 작업은 사진가로서의 그의 이러한 이념이 드러나는 과정으로 보인다. 〈기억 흔적〉 전(2015)에서 작가는 헐리고 무너진 집터나 황폐한 공간들을 주목했다. 풀섶에 마른 가지로 뻗어난 가지, 불에 탄 구두나 상한 과일의 형해, 깨진 유리나 널브러진 가구들, 쓰러져가는 돌담 사이의 이끼, 무너져 내리는 벽의 균열과 그 사이에서 피어나는 곰팡이의 병렬을 통하여 스러져가는 일상의 소멸이나 생성의 의미를 보여준다.

윤길중의 이러한 일련의 작업들은 한마디로 기억이나 흔적, 혹은 지나가버린 시간에 대한 탐색이라 할 수 있다. 〈아름답지 않다 아름답다〉 또한 그러한 작가의식의 확장이라 하겠다. 그러나 그것은 기억 혹은 상처로서의 그때/거기가 아니라 삶의 현장으로서의 지금/여기로 호출되어 있다. 그리하여 있는 것과 있어야 할 것, 보이는 것과 보아야 할 것들 사이에 숨어 있는 피사체의 존재의미나 가치에 대한 탐색과 질문으로 이어진다. 〈아름답지 않다 아름답다〉에서 우리가 만나게 되는 이 역설은 경이롭다. '아름답지 않다'와 '아름답다'의 두 어구의 모순되는 연결이야말로 이 작업에서 작가가 보여주고자 하는 중심 메시지일 것이다. 그가 보여준 인간 존재에 대한 깊은 성찰과 비유는 작가의 예술적 · 인문적 성취의 한 정점을 보여준다. 훼손되고 왜곡된 육체에서 사람과 사람 사이의 관계를 담아내는 카메라의 눈은 기법적 차원을 넘어 인간 존엄에 대한 예찬과 위무를 담고 있다.

윤길중의 인체들은 우선 불편하고 거북하다. 스마트폰의 메뉴판을 누르고 있는 불편하지만 분명한 약손가락의 터치는 세상과의 소통을 위한 갈망의 구도이다. 스마트폰은 어렵게 펼쳐진 약지에 의해 포획되어 있고 내리누르는 손의 실루엣은 아름답다. 기기를 누르고 있거나 도구를 움켜쥔 손가락은 집요한 생의 의지와 욕망의 표현이다. 마모된 발톱이나 발목의 깊게 패인 동공은 그 상처의 주인이 걸어왔고 걸어가야 할 행로를 상상해보는 일로 더욱 애잔하게 아름답다. 발을 길게 뻗어 마주하고 있는 두 발바닥의 조우는 그 어떤 인체로도 대체하기 어려운 두 사람의 연대감의 극치를 보여준다. 화면 중심으로 돌올하게 끼어든 이 흑백의 발목은 작가가 발견한 인체의 하모니이자 환희이다. 남성의 무릎 위에 간신히 안겨 다리를 뻗고 있는 여인의 모습은 밝고 환하지만, 그들이 맞잡은 훼손된 손가락들과 왜곡된 발가락의 형상은 미완의 동작 같다. 손과 발의 이 정지된 동작은 그들이 이 순간에 이르기까지의 지난한 과정을 상상케 해준다. 부자유와 고통만이 자유나 기쁨을 담보할 수 있다는 역설의 풍경이다.

윤길중의 누드는 인체의 선과 명암이 어떻게 조형미의 성취에 가담하고 있는지를 잘 보여준다. 그의 누드는 인체에 대한 우리들의 사고의 관습을 바꿔준다. 장애의 선과 명암을 통하여 인체에서의 훼손과 왜곡이 어디까지인가를 묻고 있는 듯하다. 한 곳을 향하고 앉아 있는 남녀의 알몸은 휘어지고 구부러져서 아름답고, 그것을 지탱해주고 있는 다리의 불균형한 삐침은 숭고미를 더해준다. 시든 꿈이 오디처럼 붙어 있는 유두를 드러낸 채 눈을 감고 누운 여인, 뒤틀리고 튀어나온 엉치로 길게 누워 있는 여인의 뒷모습은 그들의 신산스러운 삶에 대한 은유이다. 인체를 대상으로 하는 사진에서 죽음을 연상하는 일은 이제 불가피해졌으며 특히 윤길중의 누드에서의 죽음의 이미지는 강렬하다.

윤길중의 인체들이 불편하고 거북해 보이는 것은 매끄럽고 쉽고 편한 것들에 길들여진 오늘날 소비사회의 이데올로기와 무관하지 않다. '매끄러운 것이 아름답다'는 명제는 갈등도 부정도, 고통도 저항도 없이 편안함에 기꺼이 가담하는 현대 대중 소비사회의 미학이다. 수많은 현대 대중예술의 영웅들은 순종과 긍정의 세계에서 잉태되고 탄생된다. 그러나 상처 없는 예술이 어디까지 가능할 것인가. 상처는 그것을 치유하기보다는 함께 아파하기 위해 존재한다. 모든 진지한 예술들이 지금까지 보여준 수많은 문학적 · 미학적 담론들―현상에 대한 부정과 갈등이 아름다움에 이르는 길이라는―은 우리에게 예술의 진정성과 만나는 통로를 보여준다. 폐허에 남겨진 집기나 벽면에 피어나는 곰팡이나 철제 등받이 속의 뜨거운 체온들, 상처가 곡선으로 승화되는 인체미를 통하여 자신의 이념을 드러내는 윤길중의 오브제는 주어진 것으로서가 아니라 발견으로서의 오브제이다.

윤길중의 인체들에서 우리가 만나게 되는 또 다른 의미는 사회적 약자 혹은 소수자로서의 장애, 인간 존엄이나 에로스적 욕망의 주체로서의 그들은 다만 단독자에 불과한 것인가에 대한 작가의 질문일 것이다. 그것은 그들(을 포함한 우리)의 삶을 그렇게 살도록 요구하고 있는 더 큰 테두리—이른바 현대의 사회구조나 병리적 현상의 알레고리이다. 그의 사진들은 땅은 황폐하고 사회는 병들었으며 지구는 거대한 하나의 병동이라는 시인의 비유를 다시 떠올리게 해준다.

윤길중의 사진들의 의미는 다층적이다. 그것은 존재의 애환과 공포이며 삶의 조건에 대한 사회적 약호이자 엄습해 오는 존재에의 모순된 예감이다.

(2019)

재현과 표현

오수환의 전시회에 갔다. 적요(寂寥) 혹은 적막이라고 불리어지던 침묵, 혹은 화석과도 같은 공간에 돌연 선들이 꿈틀거리거나 흩어지거나 몇 겹의 무심한 낙서처럼, 혹은 관조자의 무심한 붓놀림의 흔적으로 화면에 남아 있다. 오수환의 그림을 설명하는 가장 요약된 단어는 '적막'이었는데, 이제 그의 선들이 움직이기 시작했다. 바탕도 확연하게 그 흔적을 드러내고 붓자국은 선명하고 강렬해져서 마치 작가의 의지를 보는 듯하다. 관람자는 적막 속의 움직임, 유희적인 선의 리듬을 느낄 수 있으며 절제되었던 선이 마침내 그 고요함을 깨치면서 솟구치고 움직이기 시작했을 때 이것은 힘이라 할 수는 없을까. 화폭의 붓자국은 선명한 흐린 잿빛이며 거기에 피가 튀듯 붓이 닿고 곡선과 원형이 뒤엉키고 풀리고 있는 형국이다.

오수환의 붓놀림은 한 곳에 머무르지 못하는 작가의 이어지는 자기성찰 혹은 새것에 대한 모색과 출발의 몸짓으로 보였다. 과거의 그림이 움직이지 않는 세계, 침묵의 세계, 마치 산 속에 들어가 홀로 앉아 있는 듯한 그림이었다면 이후의 어떤 그림은 '변화'로 내건 주제에서 보여준 고요 속의 생기를 의미하는 것 같다. 생기란 동양화에서의 그 기운생동한 힘을 말하는 것이기도 하며 자연과 사물, 세계와의 교감 속에서 우주의 기운을 이끌어내는 '변환'이기도 할 것이다.

작가는 "자연의 색과 형태를 선택하지 않고 어떻게 자연스럽게 할까. 자연을 상징적으로 이야기한다면 그것이 '변화'가 아닐까. 내가 선택한 '변화'야말로 자연이라는 테마이다, 어떤 제한이나 규정으로부터도 모두 풀어버리고 놓아버리는, 그게 나의 가는 길은 아닐까."라고 말하며 자신은 "몸이 시키는 대로, 붓끝에서 느껴지는 에너지, 형식, 생각까지도 신체의 자연스러운 움직임"을 따른다고 하였다.

이러한 진술은 오수환의 이념과 방법론의 단서를 말해주는 것이다. 과거의 오수환의 그림이 극도의 생략과 압축된 선과 색으로 강렬하고 심플한 인상으로 다가오던 데 비해, 그 이후의 그의 작업은 그리고자 하는 대상이 사라지고 어떠한 대상에서 비롯되는 작가의 심상(心像)이 몇 개의 점과 선으로 찍히거나 구획되어 나타나는 것을 본다. 작가가 그리는 어떠한 점이나 선도 그것이 캔버스 위에 등장했을 때는 이미 그것은 하나의 구조를 이루게 되며 그것은 어떤 형태로든 조형미에 가담하는 어떤 것이 되고 만다. 작가는 이를 부정할지도 모르지만, 그러나 부질없이 혹은 하염없이 그어대는 것처럼 보이는 작가의 먹과 선묘(線描)는 부질없음과 하염없음을 가장한 또 다른 심미적 선택과 배분이 개입된 화면일 수밖에 없을 것이다. 그래서 무의식도 의식이다.

서양화적 질료로 동양화의 어떤 방법을 구현하면서 장르와 마티에르의 의미를 무화시키는 오수환의 그림이야말로 동과 서, 구상과 비구상, 먹과 기름, 종이와 캔버스의 구분이 얼마나 무의미한 것인가를 보여준다. 오수환 붓놀림은 그러므로 순간적이지만 즉흥이 아니며 오랜 수행을 지나온 선사(禪師)의 한마디 언사처럼 응집되고 벗어나며 보이다가 감춰지는, 침묵과 적요만이 산출해내는 사유의 흔적들이다.

화면 위에 구사된 것들은 어느 무엇을 지시하거나 상징하거나 암시하고 있지 않으며 따라서 그 형상들이 적절하게 배치되어 있는지 왜 그렇게 한데 모여 있거나 흩어져 있는지에 대한 질문이나 의문이 불가능해진다. 이 나열과 병렬은 그 동기적 필연성을 요구하지 않으면서 그냥, 거기에, 그렇게, 무심히, 때로는 부질없이, 찍혀 있거나 놓여 있으며 그어져 있는 것이다. 목적과 이유가 없는 이 선과 점과 면들은 그것들은 '그냥 스스로 그렇'게 거기에 있다.

오수환은 보이는 대로 그리지도 않으며 알고 있는 대로 그리지도 않으며 그렇다고 느끼는 대로 그린 것 같지도 않다. 마음이 가는 대로 그렸다. 느끼는 대로 그린 것은 피사체가 주인이 되지만 내키는 대로 그리는 것은 관찰자가 주인이다. 이것은 화가가 세계를 모사하는 것이 아니라 세계가 화가를 모사하는 형국이다. 예술의 재현적 의도가 표현적 의도로 대체되고 그것은 다시 해체된다.

이는 마치 "도를 도라 하였을 때 이미 도는 아니다(道可道非常道)"라는 노장이나 도가의 생각의 일단을 엿보게 하는 대목이다. 우리가 이루었다고 했을 때 그 실체는 없고 이루어야 할 이상만 남고, 도달하였다고 하는 지점은 이미 도달하여야 할 지점으로 바뀌고 마는 절망과 아이러니와 역설의 세계를 보여준 것이기도 하다. '그린다'는 행위의 무상성(無償性)은 일단 무심히 찍어대는 점과 그어대는 선에 의해 확실히 드러나지만 그것은 작가의 예술적 이념을 드러내는 말이면서 동시에 그것은 관람자들에게는 도저한 작가의 침묵의 세계이다. 그의 그림들은 우리로 하여금 작가를 이해하지 않으면 안 된다고 요구하고 있다. 예술가가 자신이 파놓은 웅덩이에 숨어들거나 혹은 자신이 쌓아놓은 고독한 성의 성주(城主)로 남아 있을 때 우리는 그들에게 가까이 가지 못하는 안타까움보다는 거기에 이르는 도정의 즐거움과 만나야 할 것이다.

(2014)

예술과 풍토

1980년대의 어느 해, 변시지 선생의 그림을 처음 대했을 때 전해오던 감흥을 잊을 수 없다. 그의 그림은 다소 원초적이고 설화적이었다. 그것은 존재의 쓸쓸함과 생명력에 대한 깊은 통찰의 결과처럼 보였고 그것을 드러내는 방법의 저돌성에 그 특징이 있어 보였다. 적어도 그의 그림이 나에게 전해오는 메시지의 강렬함이란 다른 어떤 화가의 그림에서는 볼 수 없는 그런 어떤 것이었다.

선생의 그림에는 우선 형언할 수 없는 세상의 한기와 고독감이 평화롭게 어우러져 있다. 서늘함과 외로움이 '평화롭게' 어우러져 있다는 표현은 다소 무리가 있다. 그러나 화폭에 담긴 절제되고 생략된 구도…… 한 마리의 바닷새와 동화처럼 비뚜로 선 한낮의 태양과 낚싯대를 드리우고 서 있는 구부정한 한 사내, 쓰러져가는 초가와 망연히 바다 쪽을 향하고 있는 등짐 진 아낙네와 돌담의 까마귀와 소나무 한 그루, 그리고 마침내 이 모든 것들을 휘몰아치는 바람의 소용돌이 - 그의 세계는 하늘과 대지의 뒤섞임 속에서 황톳빛으로 열리며, 이들을 묘사하는 먹선의 어눌함과 역동성이 함께 어우러진 세계였다.

이러한 구도들이 연출하는 원초적인 적막감과 세한의 비감은 인간 존재의 근원적인 상황에 닿아 있었다. 우리의 가장 감미로운 노래들이 가장 슬픈 생각을 드러내고 있을 때이듯이, 그리고 가장 위대한 드라마가 비극의 가장 깊숙한 투쟁과 패배를 그리고 있을 때이듯이, 비애와 고독을 드러내는 그의 방식이 주는 미적 쾌감은 적막하고 평화로워 보였다. 여기에서 우리가 느끼게 되는 우주적 연민, 이 감정들은 아마 우리가 자연에서 품을 수 있는 감정 가운데 최고의 것이며 인생과 예술미의 원형적 형상이기도 할 것이었다.

1987년 어느 가을날 오후, 인사동의 작은 찻집에서 만난 60대의 소년을 잊을 수가 없다. 노화가는 작은 키에 베레모를 단정히 쓰고 지팡이를 쥐고 있었는데, 그의 얼굴은 맑았으며 목소리는 소년처럼 어눌했다. 오랜 일본 생활 때문인가 싶었지만 그는 아예 처음부터 세상살이에 대해 그렇게 어눌한 사람임이 분명해 보였다. 그의 걸음걸이가 한쪽으로 기울자 나는 그를 가볍게 부축했는데, 그때 그는 지팡이를 들어 눈앞의 술집을 가리키며 악동처럼 웃었다. 그리고 그날 나는 대취해버렸다.

한 지역의 바람과 흙은 거기에서 나서 자란 예술가에게 어떤 형태로 모습을 드러내는 것일까. 스페인 카탈루냐 지방의 피카소와 미로, 지중해의 습기와 향일성 식물의 알베르 카뮈, 그리고 제주의 변시지에게 그 흙과 바람의 의미는 무엇일까. 그러나 변시지의 그림에 보이는 남국적 풍광의 제주도는 귀향인의 향토애도 자연에 대한 서정주의도 아닌 그 무엇이었다. 제주의 선과 빛과 형태는 그에게 있어 하나의 방법이요 이념으로 승화되었다. 그는 그곳의 선과 색채와 형태에서 그의 삶의 근원적인 고독이나 설화의 줄거리를 찾으려 한 것 같았다. 태양, 바다, 바람, 갈매기, 폭풍, 까마귀, 조랑말은 그러므로 그에게 있어서는 하나의 풍물의 대상으로서보다는 존재의 탐구를 위한 모티프로 차용된 것이었다. 그가 단순한 로컬리즘이나 풍물시의 작가로 불리는 것은 그가 궁극적으로 원하는 바가 아닐 것이다. 세상의 한기와 존재의 근원 상황을 형상화하는 데, 그러한 모티프들은 끊임없이 변형되고 삭제되고 추가된 것이다. 제주-오사카-도쿄-서울-제주로 이어지는 그의 예술의 구도적(求道的) 순례는 마침내 황톳빛으로 승화되었으며 그것은 이제 그의 사상이 되었다.

나는 선생을 여러 번 만났다. 인사동의 찻집에서, 문득 찾아간 서귀포의 해변에서. 그리하여 그에 관한 작가 전기를 쓰는 데는 '만용'이라고 부를 수밖에 없는 나의 무지함이 작용했다. 화가 지망생이었다가 문학 교수로 돌아선 나의 이력서에는 그림에 대한 이러한 원초적인 애상감이 숨어 있다. 생활이 눅눅하고 마음이 맥없이 허전할 때면 문득문득 발길을 돌려 찾아가 배회하곤 했던 인사동 거리, 전시실의 기다란 복도를 돌아 나오면 마침내 허전해져서 문득 판화 한 점을 사들고 황망히 돌아서곤 했던 과천 미술관-나는 그곳들에 걸려 있던 내가 그리다 만 꿈의 원형들을 발견하고 서늘해지곤 하였다.

작가 평전『폭풍의 화가 변시지』는 내가 80년대 이후 변시지 선생의 전시회나 작업실을 기웃거리거나 제주의 여러 곳을 함께 다니며 채록한 대화록을 바탕으로 엮어낸 것이었다. 비정규 미술학도의 다소 외람된 장면이었지만 이는 선생께 바치는 나의 헌사요 한편으로는 당시의 어설픈 서구추수의 모더니즘이나 완고한 전통론에 함몰된 화단에 던지는 작은 질문이기도 했다.

2013년 6월, 선생께서는 홀연 타계하셨다. 약관 23세 때 일본 〈광풍회전(光風會展)〉에서 최고상을 받아 화단에 회자되고 전후의 혼란기에 귀국하여 마침내 제주에 정착하기까지 그의 삶의 궤적은 한 예술가의 구도자적 순례길이기도 했다. 현재 미국의 스미스소니언 박물관에 그의 작품 두 점이 상설 전시되고 있으며, 선생이 남긴 5백여 점의 작품이 건립 논의 중인 기념관과 미술관에 소장될 것으로 알려져 있다. 선생을 회고하거나 벽에 걸린 당신의 그림을 쳐다볼 때마다 그토록 자상하게 자신의 예술을 얘기해주시던 생전의 선생의 모습을 떠올리곤 한다.

(2017)

우리의 이 가을을

1960년대의 그 수상한 계절, 4 · 19의 환희가 5 · 16의 절망으로 이어지고 조금씩의 서러운 어깨로 스크럼을 짜고 신설동으로 종로로 몰려가던 때였다. 개강 휴강 종강의 순서가 뒤바뀌고, 동상 앞에 둘러앉아 『구운몽』의 사상적 배경이 불교냐 유불도의 짬뽕이냐를 가지고 세미나를 벌이는 동안 서관의 시계탑은 〈새야새야 파랑새야〉로 우리들의 스산한 꿈을 달랬고, 허허로운 마음들은 이내 제기천의 센느주점으로 향하곤 했다.

정춘진은 그즈음 이오네스코의 부조리극이나 차범석의 산불 이야기에 열을 올리던, 나 역시 신당동의 동리 선생 댁을 기웃거리며 등단을 노리던 문청 시절이었다. 졸업 후 우리는 헤어졌다. 그는 연극판 아닌 기업체에 다니거나 개인사업에 몰두하는 듯했고 나는 그사이 학교와 문단 주변을 서성거렸다. 그리고 오랜 시간이 지났다. 그리움인지 외로움 때문인지, 어느 해부터 동기들은 모이기를 계속했다. 60년대와 2000년대의 시계가 교란되어 있는 이 모순된 애늙은이들 모임은 아직까지 시끄럽다.

이번 『흐르며 흔들리며』는 그의 세 번째 시집이다. 여기에도 우리가 지내온 아득한 시간들이 배경화면으로 떠 있다. 그 불온하고 어지러웠던 시절의 이야기는 일단 뒤로 밀려나 있는 대신, 정작 그가 내보이고 있는 것은 자신의 일상과 삶의 내면에 관한 사유인 것 같다.

그의 시적 화자는 '당신'의 무엇이고자 한다. 또한

> 별들이 누운 강
> 그 아득한 열길 강바닥에서
> 당신을 환호하는 수초
> 향기로운 원한이고 싶다
>
> —「운명처럼」 부분

처럼 그의 '당신'에 대한 지극함은 그 토로가 거침없고 아름답다. 그리하여 자신은 "그대 연두색 강물에 물든 연두색 새벽

물고기"(「연인」)로 남기로 한다. 그러면서도 "우리가 이토록/바람에 기대어 서 있는 길목에도 마흔 살 숯불 냄새"는 나고 그리하여 우리는 "언제고 만나야" 하며 "들개처럼 눈이 붙도록 쏘다닌/마흔 살 포구의 사랑"을 얘기한다. 화자가 추억하는 또 다른 '그녀'야말로 질풍이고 노도였던 우리들의 이야기이다.

그의 시적 자아는 이처럼 사회적이기보다는 정의적 개인의 정서가 주를 이루고 있는데, 시인이 걸어온 그간의 시간의 더께는 어쩔 수 없는 듯, 일상적 삶의 숙성이나 생의 발견이 시집 전편에 여기저기 깔려 있다. 가령 "사람을 오래 쳐다보면 기도가 나오고 부딪치면 슬픔이 나오는" 순간을 토로하거나 작은 피 뭉치 어미 밥에서는 "어디서 탁발한 사랑인가" 하고 빛나는 메타포로 묻는다. 그러면서 그는 저 안암동 시절의 〈한국 현대시 강독〉 시간에나 만나봄직한 한국적 여인의 순수와 관능미는 절창이다.

어쩌시면
한 치 머뭄 없이
또 꽃이신지요

엇그제까지

누님 연한 볼 살처럼
삼삼한 꽃 살결 피우셨는데
눈꺼풀 지우기도 전인데

누님은 새삼
보라빛 자궁 활짝 열고
구름 꽃 펑펑 낳으시네요
아무런 기별 안 주시고
저의 가을을 이렇듯
절절 달구시는지요

—「목화꽃」 전문

『흐르며 흔들리며』에서 만나게 되는 정서, 그것은 오랜 시간을 건너오면서 시인이 붙들고 있었던, 그것은 우리가 지켜야 할 가치와 그 아름다움일 것이다. 유행과 기법으로부터의 자유로운 그의 시편들이 보여준 완강한 개성이 아름답다. 흐르며 흔들리더라도 이미 '사무쳐' 있는 우리, 그리고 이 가을에 건배하자.

(2020)

이다음 우리는

한 형.

「부치지 못한 편지」를 써보려니 자네와 함께 했던 시간들이 줄을 서누만. 나의 기억력은 한심한 편인데도 신기하게도 60여 년 전의 자네의 주소가 그대로 떠올랐네. 경기도 평택군 팽성면 본정리 산 12번지. 내가 자네에게 처음 쓴 편지의 지번이지. 우린 그때 중2였고 당시의 학생잡지 『학원』지에 다투어가며 소설(콩트)들을 발표했지. 그때 나는 자네의 「뱃놈」인가 하는 작품을 읽고 '펜팔'을 보냈고. 자네는 작품보다 더 긴 장문의 답장을 보내왔고. 우리는 그때 누군가에게 편지를 쓰거나 무엇을 그리거나 끄적거리지 않으면 안 되었던 외롭고 허기에 찬 전후의 소년 시절을 보내고 있었지.

한 형.

나는 지금도 자네가 나에게 처음 소개해주었던 모차르트를 잊을 수 없네. 우리가 처음 만난 겨울이었지 아마. 나는 천안에서 내려오는 자네를 마중하기 위해 옆구리에 이보 안드리치의『드리나강의 다리』(아마 그즈음 노벨상 수상작이었을 거야)를 끼고 광주역 플랫폼에 서 있었지. 최인훈의『광장』에 흥분하고 방 한 칸 찾아 밤길 헤매는『제8요일』의 젊은 연인들에 가슴 아파하고, 그러나 이제는『학원』 말고『자유문학』이나『현대문학』을 옆구리에 낀 채 주머니에 담배를 넣고 다니던 오만방자한 고2의 겨울이었지. 진눈깨비 어지럽게 흩날리던 그해 겨울 역 광장에서 우리는 처음 수줍게 악수했고 악수가 끝나자마자 자네는 굵은 안경테를 밀어 올리며 여기엔 클래식 음악실이 없느냐고 물었어. 그리고 충장로의 그 비슷한 지하다실에서 자네가 신청곡으로 써낸 모차르트의 바이올린 콘체르트 5번을 그때 처음 알았지. 대학생이 되어 종로의 '르네상스'를 따라다니면서부터 나도 강제로 고전음악을 듣기 시작했는데, 어느 날 문득 모차르트와 하이든이 대책 없이 감미롭고 경쾌해지기 시작했고 베토벤이나 브람스가 문득 무겁고 둔중하게 가슴을 울리기 시작했다네. 그리고 그때 이후 지금까지 나의 PC나 오디오는 클래식 채널로 고정되어 있고. 이 모두가 평생 이어폰을 끼고 지낸 나의 음악 사부인 한 형한테 배운 거야.

한 형.

그리고 그즈음 우리가 가슴을 함께 앓았던 일은 추억이었네. 청파동의 어느 대학에 우리들의 '그녀'들이 있었기도 하지만 우리는 무엇보다도 다른 누구와도 함께 기숙하기를 꺼려했기 때문에 하숙집을 함께 옮겨 다녔지. 한쪽이 각혈을 시작하자 의사의 휴학과 별거 권유를 무시한 채 우리는 국 따로 반찬 따로 먹기를 맹세했지만 이내 몇 개월 간격으로 결핵 감염을 확인했고 주사와 투약으로 병원을 함께 들락거렸지. 떨어져 지내는 것보다는 함께 지내는게 편했노라고 훗날 우리는 그때를 회고했고, 애송이 문청들이 식민지 시대 작가의 폐결핵 동기들 흉내만 냈노라고 우리는 낄낄거렸지. 우리가 앓았던 결핵은 그대로 60년대의 절망과 우울의 상징이 아니었나 싶어. 억압과 감시, 수배와 투옥, 휴교와 계엄령으로 이어진 이 시기의 정치적 억압과 사회적 혼란의 시기를 지나는 동안 문과대학의 실속 없는 문청들의 꿈은 서서히 마모되고 스러지기 시작했지. 소년 시절의 자존심이 대학에서 구겨지기 시작했고 우리는 비로소 문학은 책에서 배우는 것이 아니라는 사실을 알았고 문학은 더 이상 우리에게 약속의 땅이 아니라는 사실도 확인했고.

한 형.

창작보다는 강단이나 연구실에서 더 많은 시간을 우리가 보낸 것은 결국 무엇이었을까. 자네와 나는 1970년을 전후해서 함께 등단했고 80년 전후에 대학의 전임교원이 되었고, 그리고 논문에 각주를 달고 이론서를 꾸려내고 학생들에게 문학론을 강의했지만, 막을 수 없는 허허로움은 어떻게 삭이고 있었는지는 서로가 다 짐작하는 비밀이었지. 문청 시절의 야망이 추억으로 밀려나기 시작하고 동년배 작가의 베스트셀러 소설들이 서점가의 중심 코너를 차지하고 있을 때 우리는 다만 그것을 바라보고만 있었고 그 안타까움은 엉뚱하게도 강의실에서의 폭언으로 표출되기도 했어. 사실 어느 해 자네가 대학원 강의실에서 퍼부었다는 당시의 어떤 대하소설에 대한 폄하는 좀 심했었네. 자네는 그때 그 소설을 김승옥의 「무진기행」에 빗대면서 그 작품의 반만큼의 감동도 없는 지루한 다큐멘터리에 불과하다고 당시의 소설을 비난했다지. 나 역시 그와 비슷한 열패감을 학생들에게 들킨 적이 여러 번. 가령 어느 작품에 대한 토론이 시작되자마자 나는 짐짓 '너무 길어서' 읽다 말았노라고, 한 권으로 마칠 이야기를 열 권으로 써내는 일은 창작가들이 저주를 퍼부어야 마땅하다고, 언어의 경제나 이야기의 구조야말로 서사미학의 종점이라고 갈파(!)했지. 창작보다는 강의에 몰두해버린 우리들의 파행(?)은 그러나 상실감이나 공허감으로만 채워진 것은 아니었네. 한용환, 오탁번, 서종택 공저의『문학이란 무엇인가』(1992)는 1957년 이후 세 사람의 행적의 기록이자 문학 담론의 모음이었지. 그 책에서 "시에 대한 이야기는 주로 오탁번이 말했고 소설에 대한 것은 서종택과 한용환이 이야기했다. 우리들은 만나기만 하면 다투고 싸우지만 이 책 속에서의 문학적 담화는 오손도손 깨알이 쏟아지니, 지나가는 자여 깨소금 만들어 문학의 손맛 입맛 좀 보시게나." 운운했던 오탁번의 서문이 생각나는군. 우리들의 추억의 앨범 같은 책이었어. 그리고 같은 해 자네가 펴낸『소설학사전』은 단연 서사학계의 쾌거이자 성과였네. 이 책은 서사에 관련한 용어를 풀이하는 데 그치지 않고 그 개념이 형성된 배경과 이론의 전개 과정을 소논문 형식으로 서술함으로써 서사의 개념들과 그 쟁점들을 아울러 익히게 한 획기적인 책이었지. 이혼하지 못한 부부처럼 창작과 비평의 어색한 동거를 계속하면서 우리는 정년을 맞았고, 문학은 써내는 즐거움 못지않게 향유하는 즐거움도 크다고 우리는 서로를 위로했었지.

한 형.

자네가 보여준 그동안의 편식과 편애와 편파를 나는 존중하네. 그리고 자네의 폭력마저도. 그것은 자네가 세상을 살아가는 방식이자 이념이었어. 도선불여악(徒善不如惡)이라 했던가, 어줍잖은 선은 차라리 악함만도 못하다는. 자네는 음식과 사람과 이념에 다소 악마적이었지. 기름기 있는 음식을 기피했고 과시하는 사람을 용서하지 못했으며 위선을 경멸했었지. 호불호가 분명했고 어떤 제자에 대한 편파적인 애정은 징그러웠고 그 반대 또한 무서울 정도였다니. 그래서 사람들은 자네를 성질 드러운 인간이라 했고, 나나 탁번은 그러한 자네를 대책 없는 놈이라 말하곤 했지만, 우리는 그것을 '개성'으로 결론지었다네. 이 편파적인 판정을 비난할 사람은 없을 거네. 왜냐면 우리보다 더 자네를 아는 친구들은 없다고 자부하기 때문이지. 자네는 편식했지만 음식은 순정했고 편견 심했지만 정신은 결백했으며 누군가를 편애했지만 사람을 감식하지는 않았었지. 폭력 교수로 몰아세우는 학원 내 시위 대표를 폭력으로 제압했던 자네의 80년대식 무용담은 지금 들으면 좀 아슬아슬한 장면이기도 했어.

한 형.

상태가 악화되기 하루 전, 자네는 나에게 "당분간은 죽을 기미가 안 보인다"고 껄껄 웃었고 "우린 아직 갚아야 할 것이 많다" 어쩌고 내가 대꾸했었지. 그것이 자네와 주고받은 마지막 대화였네. 자네는 수술 전에 담당 간호사에게 생뚱맞게도 멘델스존을 좋아하느냐고 물었다지, 잠깐 당황하던 간호사가 이내 그의 〈무언가〉를 좋아하노라고 대답하여 자네를 감동시켰고, 자네는 병원이 맘에 든다며 좋아했다지.

한 형.

아버지께서 음악을 듣고 책을 읽을 수 있을 만큼의 후유증만을 허락해달라는 아들 근이 녀석의 기도도 헛되이 자네는 의식을 잃은 지 2주일 만에 먼 길 떠나고 말았어. 삼우제를 준비하면서 근이 엄마에게서 연락이 왔네. 짧은 묘비명이 필요하다고 했어. 나는 주저 없이 자네의 단편의 긴 제목을 그대로 옮겨 보냈네.

—이다음 우리는 누구의 가슴에 따뜻한 별빛으로 남을 수 있으랴.

(2017)

조치원

오랜만에 차를 몰아 고속도로를 달려보았다. 고향 노인들의 문병을 위한 길이었는데, 자주 이용하던 기차를 버리고 운전대를 잡은 것은 그동안 무심히 스쳐 보냈던 풍경들을 좀 찬찬히 들여다보고, 귀경길에는 학교도 둘러보고 저수지로 향하는 그 구부러진 언덕배기라도 드라이브해볼 요량이었다.

문병을 하기 위해 달리는 자동차의 주행은 의무와 휴식이 적절히 혼합된 여행이어서 피곤함과 즐거움이 함께 따른다. 자동차를 운전하게 되면 창밖의 풍경을 자신이 만들어간다는 느낌이 들어 좋다. 풍경은 그 이동의 속도에 따라 거기에 관련된 사물이나 이미지들이 두서없이 몰려온다. 그 기억과 상상들의 광포한 어울림 또한 여행의 즐거움을 배가시켜준다.

그러나 내가 이번 여행에서 경험한 혼란은 다소 당혹스러운 것이었다. 차가 톨게이트를 벗어나자 오랜만에 눈앞에 펼쳐지는 고속도로 주변의 풍경들이 정겨웠고 나는 습관대로 내가 설정한 속도를 즐기기 시작했는데, 기흥, 안성을 지나친 지 얼마 되지 않아서였다. 조수석의 휴대폰 대화에 차 안이 조금 어수선하기는 했지만 천안-논산 간의 고속도로 진입을 그만 놓친 것이다. 길을 놓친 것인지 잃은 것인지가 분명하지 않은 상태로 자동차는 '미호천'을 지나고 호남고속도로로 접어들었는데, 이번에는 처음 보는 도로의 표지판이 나타났다. '남세종'이라고 쓰인 그 도로 표지판이 가리키고 있는 곳은 내가 가본 적이 없는 지상의 낯선 공간임이 분명했다.

생소함과 이방인 의식은 여행자가 누리는 특권이자 모험이라고는 하지만 24년을 오르내렸던 조치원이 보여준 '남세종'이라는 표지는 하나의 모스 부호로 나에게 다가왔다. 나는 그동안 조치원을 고향으로 생각해본 적은 없지만 '남세종'이라는 부호를 대하는 순간 나는 고향을 잃었다고 생각했다. 우리 모두는 실향민이라는 인문적 수사가 아니라 나에게 조치원은 이미 기억 속의 공간으로 정리되어 있었다.

나는 내가 그동안 조치원에 편입되기를 노력한 만큼이나 그로부터 그만큼 떨어진 거리에 있었던 자신의 모순된 입장을 떠올렸다. 조치원이 세종으로 편입되었다는 것을 알고 있었지만, 그것은 보도를 통해서였고 나의 기억의 창고에 저장된 공간은 아니었다. 차를 몰면서 나는 20여 년 전 내가 설명한 조치원의 모습을 떠올렸다. 나는 그때 처음 마주한 이 작은 도시의 특산물을 안개와 복사꽃으로 지정하면서 그 지리적 특성을 이렇게 썼었다. "……조치원은 서울이나 부산 혹은 광주를 오르내리기 위해서 아니면 청주나 대전을 가로지르기 위해 반드시 '거쳐야' 하는 곳이다, 이처럼 어디선가 올라오거나 내려와야 하는 과정 속의 지점, 지상의 모든 마을이 다 그러하겠지만 그러나 조치원만큼 그 간이성을 잘 드러내고 있는 도시는 없다. 부산이나 광주는 서울을 그리워하는 것을 거부하거나 포기할 수 있는 곳에 위치하고 있으며 서울 또한 부산이나 광주를 그리워하는 것을 거부하거나 포기할 수 있는 곳에 위치하고 있다, 오르내리기가 쉽지 않기 때문이다, 그러나 조치원은 이 모든 거부와 포기의 중간 지점에 있다, 오르내리기가 쉽기 때문이다, 이 작은 도시는 그리하여 그만한 거리만큼씩의 안타까움과 망설임이 엉거주춤 머물고 있는 곳이다, 사람들은 그래서 이곳이 좋을 때는 서울에서 한 시간 반'밖에' 안 걸리는 곳이라고 소개하지만 싫을 때는 서울에서 한 시간

반'이나' 걸리는 곳이라고 소개한다. 이는 전적으로 그들 탓이 아니다. 서울이 우리들 일상의 모든 욕망들을 담보하고 있기 때문이다. 인사동과 예술의전당과 롯데백화점, 그리고 강남의 룸살롱과 8학군과 잠실운동장이 모두 서울에 있기 때문이다. 지리적 거리가 곧 문화적 거리임을 통속적으로 보여주는 사례가 거기에 있다" 운운이다.

나는 달리는 차 안에서, 나에게 조치원은 애초에 근무지이자 여행지였던 것은 아니었나 생각해보았다. 여행이 새로운 공간으로의 이동인 바에야 이런 생각은 비록 나만의 것은 아닐 것이다. 통근 버스를 두고 굳이 자가운전을 고집했던 부임 초기의 나의 차 트렁크에는 항상 낚시 도구가 들어 있었고, 소형 카메라는 조수석 앞 서랍에 넣어둔 채였다. 강의가 끝나면 고복저수지로 달려가 낚싯대를 드리우거나 마곡사에 들러 산채나물에 막걸리를 곁들이던 정취, 굳이 고속도로를 피하여 삽교천의 구부러진 길을 따라 순례자의 모습을 흉내 내곤 했다. 이는 당시의 나의 근무 여건의 불공정과 불만에 대한 위무의 방편이었을 것이다. 내가 낚시를 좋아해서가 아니라 거기에 저수지가 있었고, 답사를 좋아해서가 아니라 거기에 마곡사와 낙화암이 있었다. 근무 여건의 불편을 여행이나 답사로 위장하고자 한 것은 일종의 방어기제 혹은 보상심리의 일단이라 할 만하다. 그리고 그것은 조치원의 지리적 콤플렉스에 기인한 것이기 쉽다. 이러한 서울과 조치원에 대한 나의 공간 콤플렉스는 한동안 계속되었던 것 같다. 그러나 조치원에 대한 이러한 설명 방식은 잘못된 것이 분명하다. 지금의 세종 사람들의 의식 속에 혹시 이러한 소외나 경계인 의식이 남아 있다면 그것은 문제라고 생각했다.

근무지와 여행지를 합성해버렸던 나의 순례자 의식은 조치원에 대한 과거의 부실을 말해준다. 조치원은 지역과 지역, 혹은 생각과 생각을 이어주는 과도기적 공간이 아니라 철저하게 독립된 절대적 공간, 정신의 허브로서의 차라리 유폐된 공간이었어야 했다. 유배나 망명이나 이민을 여행의 극단화된 한 형태로 들 수 있지만, 그리고 그것이 의무와 강압에 의한 것이었다 하더라도 거기에 대응하는 주체는 자유롭다. 스스로를 유폐시킨 자율적 공간은 사람의 의식을 명징하게 한다. 동서양의 문학사에서 나타난 수많은 작품들이나 지성들은 이 지리적 공간을 정신의 허브로 차용한 사례에 다름없다.

조치원은 간이역이고 환승역이지만 또한 출발점이고 목적지라는 인식은 중요하다. 조치원은 지나치는 공간이고 세종은 모여드는 곳이라는 생각 또한 편견임을 이제는 알겠다. 달리는 기차가 항상 원의 중심에 있듯이 지리적 공간이나 문화적 거리에 대한 주체적 자기설정은 중요하다.

문병을 마쳤으므로 올라오는 길에는 다른 곳은 들르지 않았고 이번에는 도로의 진출입 순간을 놓치지 않았다. 멀리 바라다보이는 성곽처럼 둘러선 '세종'의 고층 건물의 무리를 지나칠 때는 문득 '조치원'의 안개와 복사꽃과 신안동 처녀귀신 이야기를 떠올렸고, 그리고 그것들에 대한 그리움은 지울 수가 없을 것이라고 생각했다. 그것들은 이미 나의 기억의 하드웨어에 편입된 공간이었기 때문이다.

(2012)

문학사의 그늘

문학 속에 반영된 현실은 사실의 기록인 역사보다 더 재미있다. 요즘 탄생 100주년을 맞는 작가나 시인들을 기리는 행사도 열리고, 오늘날 한국문학의 실상을 점검하는 한편으로 앞으로의 한국문학은 어떠해야 하는지를 놓고 세미나를 벌이는 등 각종 행사들이 이어지고 있다.

한국의 근대문학은 식민화되어가는 과정 속에서 문명개화라는 시대적 담론을 내걸고 시작되었다. 이 시기의 시인 작가들은 문인, 교육자, 언론인, 독립운동가로서의 1인 2역, 3역의 총체적 역할을 강요받거나 스스로 자임했다. 한국의 근대문학은 이렇듯 문학의 사회적 기능에 대한 믿음과 반발 속에서 다양하게 성장과 변화를 거듭해왔는데, 근대문학 교실에서의 선생과 학생들은 이 대목에서 문득문득 깊은 시름과 비애에 빠지게 된다. 최남선과 이광수의 심미적 성과를 칭송하면서도 그들의 훼절과 친일을 안타까워하고, 한용운의 정신과 염상섭의 의식은 칭송된다. 개화가 먼저냐, 주권회복이 먼저냐, 이념이냐, 방법이냐 하는 문제들은 결국 작가의 현실인식이 식민지 상황에 어떻게 연계되어 있는가에 따라 온당한 평가의 여부가 된다.

광복 이후 6 · 25전쟁을 겪은 뒤로부터는 당대의 문학작품에 대한 평가의 중심 기준은 달라진다. 그것은 우리에게 분단이란 무엇인가에 대한 인식과 다름없었다. 광복 이후의 사회적 혼란과 정치적 혼돈은 이 땅의 수많은 작가와 시인들에게 식민지 시대 못지않은 시련으로서의 문학적 소재를 제공했다. 남북의 이데올로기적 갈등을 그린 인물들이나 남녘 사람이나 북녘 사람들의 애환을 대비한 소설들, 전쟁 직후의 산속에 스며든 빨치산들의 이야기, 한 많은 월남 이산가족의 연대기, 소년의 아픈 전쟁 체험들은 모두 전후의 우리들의 굴곡진 현대사를 형상화한 작품들이었다. 굴곡지지 않은 역사는 없다고 하지만 한국처럼 드라마틱한 근현대사는 없다고 이웃 일본의 어느 작가는 지적하고, 그러한 역사를 배경으로 활동하는 한국의 작가들이 "부럽다"고까지 했다. 그만큼 문학적 소재가 풍부하다는 뜻일 텐데 이는 병 주고 약 주는 덕담일 터이다.

오늘의 한국문학은 이제 산업화, 도시화, 민주화로 이어지는 사회변동 속에서의 다양한 모습들을 보여주고 있다. 그러나 그 문제적 소재들을 어떻게 작품 속에 반영하고 굴절시킬 수 있을지가 궁금하다. 그리고 훗날의 평가는 어떠할지를 상상해보는 것은 우울한 일이다. 이른바 진보정당이 해체되고 대표의 의원직이 상실되어 구속된 것은 지난 연말이었고, 이른바 '종북' 콘서트로 각지를 순회하던 재미교포 여성이 당국으로부터 국가보안법 위반으로 고발당해 강제 출국당한 것은 한 달 전이었으며, 대북 삐라는 '표현의 자유'라는 인권위원회의 평결은 바로 며칠 전이었다. 이 사건들이야말로 오늘의 한국 사회의 초상이라 할 만하다. 외국 작가가 부러워했던 그 소재 충만의 한국 현대사의 드라마의 현장이다. 이 사태들을 보면 그것들이 한국 현대사의 소재의 보고인가 아닌가 궁금하기에 앞서, 그 문학적 주제는 비극인지 희극인지 희비극인지를 예측하기가 어렵다.

문학은 현실에 대한 해석과 번역의 기록이다. 역사는 사실의 기록이고 문학은 그 의미의 기록이므로 문학과 역사의 상호성과 독자성은 함께 존중되고 보호되어야 한다. 한국의 근현대사는 식민과 분단 상황의 등가물이라는 인식이 중요한 만큼, 그것을 담아내는 서사나 비유의 기술 또한 중요하다. 식민적 상황과 분단 현실에 대한 전제나 고려 없는 어떠한 해석도 서술도 불완전한 것일 수밖에 없다. 문학이 당대 현실에 대한 인식을 전제로 해야 한다는 주장은 인문적 순혈주의자들에게는 다소 위험한 견해일 수 있지만, 우리들의 삶은 어차피 사회적인 만큼 정치적인 어떤 것과의 연루 속에 존재할 수밖에 없다는 세계인식은 중요하다.

한국의 근현대는 식민 지배 35년에서 분단 70년으로 이어지고 있다. 최근의 일련의 정치적 사건들은 훗날 있었던 일보다는 있어야 할 일들로 남을 것이다. 그것들은 존재보다는 당위의 문제이다. 분단의식은 분리가 아닌 통합의 정신으로 이행되어야 하고, 그것은 불구적 상황에 대한 극복의지가 전제되지 않으면 안 된다.

(2015)

밤배 고동 소리로 오는

김용익의 소설은 그가 도달한 문학적 성취에 합당한 평판을 받지 못했다. 한국 현대문학사는 그를 소홀했거나 지나쳤다. 그의 소설이 먼 이국에서 영어로 먼저 발표되었다는 점도 그 이유의 하나가 되겠지만, 이는 자신이 거주하는 곳의 언어로 쓸 수밖에 없었던 일본의 김달수나 이회성, 러시아의 아나톨리 김과 같은 재외 한인작가들과도 다른 상황이었고, 언어 문제에 국한해서 볼 때 그는 미국의 강용흘, 김은국이나 독일의 이미륵과 가깝다. 그는 미국 이민 2세도 아니었고 한국에서 미국에 건너간 유학생이자 영문학자였다. 그는 번역/개작 과정을 거쳐 같은 작품을 두 번 발표한 셈인데, 이 때문에 발생한 그의 문학적 범주가 영문학이냐 한국문학이냐에 대한 논의는 언어귀속주의에 얽매인 문학사의 다소 원론적인 쟁점에 불과할 것이다.

1920년 통영에서 태어난 그는 도쿄 아오야마대학 영문과를 졸업하고 1948년 도미, 플로리다와 켄터키에 유학 중 고국의 전쟁 소식을 접한다. 1958년 귀국한 그가 겪은 전쟁 체험이란 전쟁의 상흔이 남아 있던 50년대 후반의 어지러운 한국 사회의 모습에서였고, 이후 한국의 대학에 재직하던 중 군사정권이 들어서고 베트남전쟁이 아직 진행 중이던 1972년에 다시 미국으로 옮겨갔다.

미국에서의 그의 데뷔작품 "The Wedding Shoes"(Harper's Bazzar, 1956)가 한국에 발표된 것은 그로부터 7년 후(「꽃신」, 현대문학, 1963)였다. 김용익의 이러한 이력은 그의 소설적 공간이나 주제를 설명, 변호해주는 단서가 될 것이다. 그의 작품들은 이즈음 주로 미국에서 주목받았고 각국에 소개되었다. *The Happy Days*, *The Diving Gourd*, *The Blue In The Seed*, *The Sea Girl*은 미국 외에 영국, 서독, 덴마크, 뉴질랜드, 인도, 오스트리아 등지에서 최우수도서, 청소년도서 등으로 교과서에 소개되었고, "The Wedding Shoes"는 TV드라마, 영화, 발레 등으로 여러 나라에 소개되었고, "From Bellow The Bridge"와 "The Village Wine"은 발표 당년의 외국인이 쓴 미국 최우수 단편으로 선정되기도 하였다.

김용익 소설의 시간적 배경은 상당 부분 한국전쟁과 연루되어 있으며 “어린 시절의 시적 영감을 주던 통영”을 자신의 “작가적 영토”라 하였다. 그의 소설은 전란의 한국 사회나 도시, 향토색 짙은 농어촌을 시공간으로 하고 있다. 데뷔작 「꽃신」은 이러한 작가의 문학적 성향이 어우러진 작품이다. 작중화자 “나”(상도)는 어느 날 피난지 장터에서 낯익은 신장수 노인을 발견한다. 그의 딸은 늘 아비가 만들어준 꽃신을 신고 다녔는데 “달콤한 낮잠을 자고 있는 듯 혹은 공중에 떠 춤을 추는 듯 하던” 그 꽃신의 환영을 “나”는 잊지 못한다. “나”는 신집 딸을 좋아하지만 백정의 자식이라는 이유로 청혼이 거절되고, 다만 손님이 끊겨 망해가는 신집에 쇠가죽을 그나마 외상으로 대주며 기회를 노릴 뿐이었다. 꽃신 한 켤레면 고무신 백 켤레와도 안 바꾼다는 노인의 고집을 세상 사람들은 비웃지만 그 꽃신의 아름다움을 알기 때문에 “나”는 더욱 슬프다. 꽃신은 작중의 “나”가 세계에 대해 가지고 있는 욕망과 그리움의 구체적 상징물이다. 꽃신만을 고집하는 노인의 대한 집착은 자신의 심미적 가치가 이미 속물적 세계의 힘에 의해 무너져가고 있다는 사실에 대한 역설이기도 하다. “퇴물인 꽃신을 가지고 하늘값을 부르는” 노인은 결국 죽고, “나”는 신집 딸을 위해 신발 값을 지불하지만, "결혼신발이 아닌 슬픔을 사고 만 것"이다. 노인이 지키고자 한 것은 사라져가는 것, 밀려나는 것에 대한 집착과 욕망이었고, 은유적 사물로서의 꽃신은 우리가 추구해야 할 지고지순한 어떤 가치나 이념임을 암시해주고 있다.

「변천」은 김용익의 단편 가운데 가장 현실감 넘치는 작품으로 한 다리 밑 움막 집 아이의 성장기이다. 장터에서 구두닦이를 하거나 "코 큰 병정"에게 양색시를 데려다 주는 일을 하는 아이는 하는 일 없이 갓 쓰기만을 고집하는 아버지, 미제 물건을 빼내 시장에 내다 파는 어머니, 그리고 늙고 병든 개 누렁이와 다리 밑 움막에서 함께 살고 있다. 어느 날 밤 아이는 어두운 골목 미군부대 클럽이 있는 데서 깽깽 우는 누렁이 때문에 문득 어둠 속에서 서 있는 "목도리를 푹 눌러쓴 낯익은 여자"를 발견한다. 어머니의 목소리를 뒤로하고 아이는 앞으로 뛰었다. 죽어가는 누렁이를 지나가는 달구지에 맡기고 아이는 어머니와 함께 고향이 있는 북쪽을 향해 걷는다. 논두렁의 개구리 울음보다 더 큰 소리로 울면서 걸으며 아이는 "이 밤에 일어난" "그 개가 보여준 일들"을 커서도 아무에게도 말해선 안 된다고 느낀다. 그것은 아이가 세상에 태어나 최초로 목도하게 된 슬픔이었다. 어둠 속에서 "몸을 오그리고 주저앉는" 어머니, "벼슬 없는 수탉"처럼 갓이 벗겨져버린 아버지의 상투머리는 전후의 피폐해진 삶의 정황으로 비유된다. 누렁이의 죽음은 이 다리 밑 아이의 소년기가 이미 끝나가고 있음을 암시한 것이며 아이의 통곡이야말로 자신이 마침내 화해할 수 없는 세계 속으로 진입하고 있음을 인지하는 입사식이었다.

「동네술」은 전황이 국군 쪽으로 기울고 있는지 인민군 편으로 기울어 있는지가 분간 안 되던 때, 동네 사람들의 희극적 정황의 비극적 결말을 보여준다. 결구에서의 반전은 소설적 기법이 아니라 현실의 재현이다. 동네 사람들의 성향을 탐지하던 방법으로 자주 사용하곤 했던 당시의 유치한 게임에 읍장이 걸려든 것이다. 인민군과 국군을 뒤바꾸어 말해버린 실수로 읍장이 마지막으로 원했던 "막걸리 한 잔"은 우스꽝스러운 세계에 대한 갈증의 표현이다. 작가는 또한 이러한 비극적 정황을 "막걸리 한 잔"의 무게에 대비시킴으로써 세계를 야유하고 있으며 사태의 심각성마저 무화시키고 있다

「서커스타운에서 온 병정」은 인정 많고 허풍 좋은 한 미군 병사의 맹아원 아이들에 대한 깊은 인간애를 담고 있다. 그가 들려준 "지상 최대의 서커스타운"인 고향의 '클라운(clown, 어릿광대, 익살꾼)' 얘기는 사실은 자신의 얘기가 되고 말았다.

서커스타운 이야기를 들려줄 때마다 아이들은 그를 '크라운(crown) 아저씨'라 불렀고 자신은 그때마다 '클라운(clown)'으로 발음을 고쳐주었던 것이다. 이 작품에 구사된 언어적 아이러니는 재미있고 진지하다. 한 이국 병사가 전란의 맹아학교에 남기고 간 인간적 '허풍'에 작중 화자는 '왕관'을 씌워준 것이다.

「종자돈」은 본능에의 신비가 짙은 토속성과 어우러져 김용익 단편의 완성도의 한 전범을 보여준다. 생명의 탄생에 대한 바우의 호기심은 같은 또래의 송화와 "무서운 꿈을 꾸고 난 것 같은" 한바탕 소동을 체험하면서 구체화된다. 바우와 송화의 젖은 알몸을 묘사하는 데로 모아진 결구는 멸막 밖에서 벌어지고 있는 두 마리 짐승의 교합과 대칭을 이루고 있다. 그러나 그것은 추하거나 아름다운 어떤 것도 아닌, 다만 그들의 공포와 신비의 공간이다. 이들은 자신도 모르는 사이, 아마 생애 처음으로 존재의 가장 내밀한 곳을 열어 보인 것이다. 그 결정적인 행위인 발가벗기에서 바우와 송화는 "새끼처럼" 꼬아진 서로의 존재가 교통하는 상태를 체험한다. 원초적이고 본능적이고 무의식적인 이 의식에서 아이들은 밖에서 벌어지고 있는 두 마리 짐승의 의식을 예행하고 있는 것이다. 아이들이 느낀 막연한 죄의식은 자신들이 이미 금기의 세계 속으로 진입하고 있음을 의식한 행위이다. 금기가 죄라고 느끼는 것은, 거기에 진입하기 이전의 상태에서는 일종의 신성일 수밖에 없다. 바우와 송화는 이 신성 앞에서 불안한 전율을 체험한 것이다.

「밤배」가 보여준 화해는 감동적이다. 아버지는 이제 "뭐든지 네가 좋다는 대로 하자"고 말하고 작중 화자는 "어머니처럼" 변해버린 아버지가 그래서 더욱 슬프다. 아들의 붓글씨를 붙여놓은 채 밤배 고동 소리에 귀를 기울이는 아버지는 이미 "한평생 쌀 한줌 벌어보지 못한 손재주"라고 소리치던 모습이 아니었다. '나'의 슬픔은 세월의 변화에도 마모되지 않은 부정에 있는 것이 아니라 아버지가 '나'에게 가했던 강제성을 순종으로 변하게 만들어버린 시간의 거대한 힘 때문이었다.

「꽃신」「변천」「동네술」「겨울의 사랑」「서커스타운에서 온 병정」「번역사 사장」 등 일련의 작품들은 소위 '전후소설'이라는 이름으로 기왕의 다른 작가들의 성향과는 또 다른 면에서 전후의 한국 사회를 잘 묘사해 보이고 있다. 이동해가는 사회 안에서의 인간과 사물에 관한 정서나 의식의 변화는 그의 소설에서 탁월한 문학적 성취를 보이고 있다. 이는 '전쟁 속'의 인간보다는 전쟁 속의 '인간'의 모습을 그려 보임으로써 전쟁이라는 특수 체험이 어떻게 삶의 본질과 형상에 간섭하는가를 잘 보여준 단편미학의 고전이었다.

김용익의 소설은 향토성과 세계성이 만나는 문학사의 보기 드문 사례이다. 아련한 그리움의 정서와 현실과의 대결에서 마침내 맛보게 되는 그득한 상실감…… 그 한국적 향수와 페이소스는 사라져 가는 '꽃신'의 환영처럼 애처롭고 '밤배' 고동 소리처럼 크게 울린다.

(2018)

쑥스러움 혹은

창작교실은 비록 설익은 작품들이지만 그것을 읽고 따지는 과정에서 만나게 되는 생의 이면이나 편린의 이모저모가 재미있다. 그 시간은 소설의 기술을 익히는 시간이기도 하지만 한편으로 삶의 지혜나 비의를 발견해가는 과정이기도 할 것이다. 그것들에 관련해 문득 생각나는 학생이나 장면들이 있다. 어떤 것은 보람으로, 어떤 것은 후회로 또 어떤 것은 쑥스러움으로.

어느 해 이맘 때의 창작실기 교실에서였다. 아마 그것은 나에게는 조금 쑥스러움의 시간으로 기억된다. 제대한 복학생의 것으로 군 내무반에서의 일을 다룬 소설이었다. 발표가 끝나고 토론이 시작되었는데, 가령 이런 질문들이 오갔을 것이다. 작중의 화자가 처한 현재의 상황은 탈영을 기도할 만큼 심각한 것으로 그려져 있는가, 철책의 어둠을 향해 총을 난사하는 장면은 작중 화자의 어떤 심리인가, 끝 장면을 앞으로 돌리고 이를 풀어가는 회상의 서술기법으로 바꿔보면 어떨까 하는 등등. 교수도 끼어들었을 것이다. 군대라는 특수 조직 속의 이야기라고는 하지만 스토리의 개연성에 의심할 만한 부분은 없는가, 사실의 기록인 역사와 허구의 기록인 소설이 여기서는 어떻게 변별될 수 있는가, 주제를 형상화하는 데 필요한 삽화들은 유기적인 얼개로 만들어져 있는가, 등등.

오래전의 강의실 풍경이 아직 기억에 있는 것은 당시 발표자였던 복학생이 나에게 건넨 한마디 질문 때문이었다. 토론이 끝나고 교수의 총평도 끝나고 다음 시간을 위해 학생들이 부산하게 자리를 뜰 무렵, 그때까지 상기된 얼굴로 침묵하던 발표자가 문득 나에게 한마디 했다. 교수님은 군대를 언제 갔다 오셨습니까. 나는 머쓱해졌다. 단순한 궁금증인가 아니면 나의 논평에서 군 미필자가 아니면 구사할 수 없는 용어라도 잡아낸 것일까. 나 때는 월남전이 한창이던 60년대 후반이야. 비록 베트콩은 만나보지 못했지만. 나는 얼버무렸지만 표정은 리어카에 받힌 모습이었을 것이다. 내가 그에게 대한민국 남자의 필수과목인 군복무 학점이 F였음을 밝히지 못한 것은 사실로 말하면 조금 민망한 부위의 질병으로 불합격 판정을 받았기 때문이었다.

내무반 소설의 작자인 그 복학생과의 장면은 한동안 나의 머리에서 지워지지 않았다. 그가 써낸 내무반의 이야기에 가했던 비평의 구체적인 내용은 당연히 기억에서 사라지고 없지만, 그의 작품에 유독 신랄했던 장면이 오래 남았다. 군대는 언제 갔다 오셨습니까, 라고 그가 물었을 때 나는 순간적으로 그것은 질문이 아니라 공격이라고 생각했다. 그 질문은 상황에 따라 많은 다른 비유들로 바뀔 수 있는 것이었다. 나는 작중화자의 군대 생활에 동의하지 않았으며 그가 그려낸 내무반에서의 갈등과 절망을 내용이 아니라 형식으로 측량하였으며 화자의 상처나 회한을 서사미학이라는 이름으로 단죄하고 평가했던 것 같다. 그의 질문은 나의 비평에 대한 섭섭함의 표현에 다름 아니었다.

사람들은 자기만의 이유로 자기 안에 조금씩의 쑥스러움, 민망함, 거북함의 정서를 자신의 안주머니의 깊숙한 곳에 넣고 산다. 아마 그것은 세상에 대한 혹은 자신에 대한 부채감의 표현일 수 있다. 자신을 그렇게 살도록 강요했거나 거들었던 사건들에 대한 민망, 얼핏 보면 그것은 조금은 사치스러운 감정일 수 있겠고 자신 말고는 다른 누구도 지켜보는 시선도 없는 상황 속에서의 이러한 자의식은 심리이기보다는 차라리 병리일 수도 있겠다. 군의관의 판정이 불공정이 아니었다면 그 때문에 부여받은 군 미필자와 군 면제자의 동시적 호칭 또한 불공정이 아니기 때문이다.

그러나 과연 그러한가. TV 화면에 중계되는 인사청문회를 볼 때마다 그것을 바라보는 나의 심사는 언제나 불편하다. 병역미필 사유를 정성껏 설명하는 임명 후보자의 모습은 보기에 안쓰럽고 그것을 바라보고 있는 나의 기분은 쑥스럽다. 기다란 군의 행렬이나 철책 밑을 포복하는 병사들의 모습 또한 보기에 민망하다. 그것은 부끄러움이나 죄책감과는 다른 것이라고 스스로에게 우기고 있는 자신의 모습은 더욱 쑥스럽다.

옛 어느 선비는 부끄러움은 버릴 것이 아니라 닦아야 할 것이며 부끄러워야 능히 부끄러움이 없어진다고 했다. 부끄러움이 사라져버린 세계에 놓인 사람들에 대한 비아냥으로 어느 작가는 「부끄러움을 가르쳐드립니다」라고 쓰고 거기에 덧붙였다. "모처럼 돌아온 내 부끄러움이 나만의 것이어서는 안 될 것 같다"고. 오래된 한 소소한 장면이 문득 떠오르는 소슬한 계절이다.

(2019)

강요된 기억

문학기행은 역사와 문학을 동시에 체험하면서 즐기는 시간여행이다. 가령 남도의 담양으로 내려가면 당장 무등산을 배경으로 정자며 고옥들이 즐비한데, 면앙정과 소쇄원의 절묘한 구도는 그대로 조선조 건축양식의 심미적 구도요, 눈앞에 흐르는 대나무 숲 개울물 소리는 바로 칠오 사사조의 가사 율조이다. 다시 강진의 영랑 생가를 찾으면 "모란이 뚝뚝 떨어져버린 오월 어느 날" 영랑의 '슬픈 모란'이 "장꽝" 뒤에 고개 숙이고 있고, 내친 김에 조금만 더 내려가면 유배지인지 유토피아인지 모를 보길도에서의 어부사시사를 듣게 된다. 코스를 북쪽으로 돌리면 서울에서 불과 한두 시간 안에 "소금을 뿌린 듯" 메밀이 흐드러지게 피어 있는 대화 봉평의 달밤을 걸을 수 있다. 흐느끼는 물레방앗간의 성 서방네 처녀도 만나보고 이튿날 춘천의 외각 실레마을로 나가 김유정의 들병이들과 막걸리로 목을 축이는 코스도 있다. 마을 어귀의 흔해빠진 고목 한 그루, 쓰러져가는 오래된 주막 하나라도 거기에 얽힌 사연들은 우리에게 작가의 체취를 느끼게 해주고 그 작가에 대한 해석적 근거를 마련해주기도 한다. 이는 모두 우리의 상상력과 현실적 공간이 함께 만들어낸 문학사의 현장일 것이다.

그러나 아직 우리는 오랜 문학적 전통에도 불구하고 그 유적이 잘 보존되어 있지 못하다. 근대문학 100년의 역사만 해도 그동안에 우리가 쌓아온 문학적 성취나 과정이 기록으로 남아 있지 않거나 텍스트들이 원본과 이본으로 갈라져 있거나 유실되었고, 사라져가는 활판과 종이문화의 귀중한 자료들마저 흩어져 있다. 국회에서 문학진흥법을 서두르고 박물관법을 만들고 지역마다 많은 문학관이 세워지고 있지만 그것들이 보유하고 있는 문학적 사료나 보존해야 할 자료는 무엇인지, 얼마인지 제대로 파악되어 있지도 못한 실정이다.

그래서인지 최근 각 지역마다 그 지방 출신의 유명·무명의 작가 시인들의 비석이나 문학관이 세워지고 있다. 유행인지 열풍인지, 요즘 많이 세워지고 있는 문학비나 박물관은 다소 인위적이기는 하지만 어느 작가나 시인의 문학적 자취를 압축적으로 전시해 보여준다는 점에서 문학기행이 놓치고 있는 사료들을 보완해준다고 하겠다. 최근에 활발해진 비석이나 문학관 건립은 그 규모나 자료의 보관 실태가 크고 방대해서 연구자나 애호가들을 만족시킬 만한 수준의 박물관 건립도 많아졌다. 문학에 대한 인식의 변화와 지방자치제에 따른 예산의 독립, 지역문화에 대한 자긍심 증대가 이러한 변화를 이끄는 동력이 되었을 것이다.

나의 고향에도 문학관이 세워져 있다. 그 규모가 작지 않고 관련 자료의 전시 방식도 재미있고 세워진 장소 또한 유서 깊은 산정이어서 특이한 문학관이 되었다. 많은 고향의 문인들의 글귀와 이름이 돌에 새겨져 있고 전시실에는 사진이 걸려 있다. 거기에 등재된 문인들 본인은 물론 그것을 전시해준 지자체 모두에게 문학예술에 대한 자부심과 긍지를 심어주는 일일 것이다.

그러나 고향에서 배출한 문인의 숫자가 다른 지방보다 많은 것은 자랑일 수 있지만 그들을 모조리 돌에 새길 일이었는지, 작가의 사고와 표현의 심미적 수준 또한 새길 만했는지, 그가 이룩한 문학적 성취가 어느 정도의 수준을 지키고 있는지도 함께 고려했어야 했다. 그리고 무엇보다도 그의 예술적 생애가 종료되었는지 진행 중인지를 먼저 고려했어야 했다. 고향의 문학관에 새겨진 글귀와 전시된 사진들은 그러므로 고향 사람들의 향토애요, 잘못된 문화적 자긍심의 발로였다는 데서 그 한계를 드러냈다.

국내 문학관의 숫자는 어떤 기록에 의하면 현재 80여 곳이 넘는 것으로 되어 있다. 그러나 이는 어느 정도의 규모와 내용을 갖춘 문학관들이고 아직 공개되지 않았거나 공개 예정인 문학관이 즐비하다는 데서 우리 문학관들이 안고 있는 문제는 더욱 커진다. 규모나 자료의 양은 언제나 수정 보완될 수 있는 문제이지만, 가령 보편적이고 항구적 가치를 보관하는 박물관 본래의 역할에 역행하는 최근의 추세는 우려할 만하다.

그것은 소영웅주의로 불리는 시인 작가들의 자아도취적 문학관(비) 건립의 유행이다. 사람의 이름을 돌에 새기는 일은 업적을 오래 기억하기 위함이므로 그 일을 할 수 있는 사람은 오직 타인만이 가능하다. 많은 돈을 들여 자신의 이름을 딴 문학상을 만들거나 집을 짓거나 비석을 세우는 일부 시인 작가의 행태는 오늘의 대중사회의 속물 근성의 한 정점을 보여준다.

비문은 역사에서처럼 선택된 기록일 뿐만 아니라 보존해야 할 가치이다. 비문이야말로 한 생애의 과거이면서 미래에 대한 전망이어야 한다. 문화란 결국 세련되지 못한 것들과의 싸움에 다름 아니다. 자가 발전식 문학비는 돌에 새긴 정신의 허기요, 기억의 강요이다. 문학비가 느는 것은 좋은 일이지만 난립하는 것은 주느니만 못하다.

(2015)

오래된 신인

나의 서울 생활은 최루가스의 냄새로부터 시작되었다. 입학 당년에 한일회담 반대 데모가 시작되더니 대학원 진학 이후 조교로 강사로 지내던 1970년대 후반까지 어느 학기 제대로 수업일수를 채운 적이 거의 없었던 것 같다. 대학은 개강과 함께 휴강으로 이어지거나 중간고사는 리포트로 대체되었으며 기말고사는 중간고사 성적으로 대체되었다. 군인들이 교문을 막고 신분증을 확인하는 때가 많았고, 유신 초기에는 아예 군인들이 대학을 점거하여 학내에 텐트를 치고 지내기도 했다.

남도 바닷가에서 『학원』지에 짤막한 소설을 발표하고 한용환, 오탁번 등의 소년 문사들과 펜팔을 주고받다가 고교 시절에는『자유문학』이나『현대문학』을 옆구리에 끼고 영화관을 전전하던, 근거 없는 문청 시절의 자만이나 시건방 끼는 대학에 진학하면서 풀이 죽었다. 조지훈, 정한숙 선생에게서는 문학은 책에서 배우는 것이 아니라는 사실을 알았고, 오영수, 김동리 선생에게서는 문학은 더 이상 약속의 땅이 아님을 보았다. 당시 오영수 선생께 사숙하던 한용환을 따라 우이동 자택을 가면 가끔 조정래가 선생의 작품 평을 듣고 있기도 했다.

대학원에 들어간 이듬해인 1969년 1학기 종강 무렵 나는『월간문학』의 신인상 입선 통지를 받았다. 당시 문인협회 이사장인 동리 선생이 창간한 문협 기관지였다. 지금의 세종문화회관 자리인 예총회관 사무실에서 이문구가 편집부에 근무하고 있었다. 입선작「수렁」은『한국일보』에 응모했던 것을 제목만 고쳐 낸 것이었는데, 이문구의 전언에 의하면 심사위원이었던 동리 선생은 나의 작품을 극찬했다는 것이고, 동석한 안수길 선생은 당선을 만류했다고 했다. 작품은 좋으나 이미 예전에 읽은 작품이라는 것, 한창 다작해야 할 나이에 한 작품으로 여기저기 응모하는 자세가 마뜩잖다는 게 안 선생의 당선 보류의 이유였다는 것. 1968년『한국일보』당선작은 윤흥길의「회색 면류관의 계절」이었다. 결선에 오른 세 편의 작품 중 오탁번과 나의 작품은 심사평만 실린 채였다. 두 분 심사위원이 우기다가 결국 주간인 동리 선생이 양보, 당선 없는 '입선작'을 신인상으로 배출하게 되었다는 것이다. 그해 여름 광주의 문인 행사에 따라온 이문구는 상금인지 원고료인지가 분명치 않은 돈을 건네며 나를 위로했고 우리 몇 사람은 그 상금으로 술판을 벌였다.

대학원에서의 한국 현대문학 교실에서는 리얼리즘과 모더니즘의 지루한 싸움이 계속되고 있었고, 당선 아닌 입선이라는 어정쩡한 등단 상태에 있던 나는 그해 겨울 윤재근 주간의『문화비평』으로부터 신인작품 당선 통지를 받았다.「외출」이라는 단편이었다. 영문학자인 윤재근과 송재소 선생의 심사평은 온당해 보였지만, 상금도 스포트라이트도 없는 등단의 세리머니가 나는 적이 섭섭했다. 한 소매치기와 백정의 허위의식과 장인의식을 당시의 독재의 권력이나 술수의 종말로 연결지어보려 시도한「수렁」, 과거로의 시간기행 혹은 체험의 지각으로 미래에의 허무를 발견하는 과정을 그려본「외출」은 그 관념적인 주제에도 불구하고 당시의 나의 세계인식의 한 단면을 드러낸 것이었다.

쓰기보다는 읽기에, 창작보다는 이론에 기울어져버린 나의 데뷔 이후의 생활은 작가로서의 고독과 희열보다는 문학의 논거와 고답성에 빠져 지낸 세월이었다. 신인작가였던 내가 보낸 강단 생활은 그러므로 보람보다는 상실감에 시달릴 때가 많았다. 문인협회에 이름은 올렸지만 논문에 각주를 달기에 바빴다. 그러는 사이 많은 지인과 동료의 문학적 성취를 보고 이제는 더 아플 배도, 축하할 말도 없는 상태로 문단의 언저리를 서성거리고 있었다.

문학 교수와 작가는 이혼하지 못한 부부처럼 서먹한 관계라는 것도 이제는 해묵은 농담이 되었고, 노년에야 비로소 철 든 작품을 써낸 동서양의 많은 문인들의 사례를 들어 자신의 각오를 이야기하는 것도 이제는 허허로운 자기위안일 뿐이다. 『월간문학』의 새 출발을 다짐하는 문협 당국의 의지가 그동안의 소홀했던 잡지의 활기를 되살리는 계기가 되기를 바란다. 그리하여 문협 기관지로서의 수준과 전통을 되살리는 기획에 이 오래된 신인작가에게도 참여의 기회가 주어지기 바란다.

(2015)

풍문의 아버지

나는 아버지를 일찍 잃었다. 6 · 25 전란 당시 좌익들에 의해서였다. 당시 여섯 살이었다는데 나에게는 아버지의 죽음과 관련한 앞뒤의 기억이 없다. 내가 젖먹이일 때 바로 뒤이어 태어난 둘째와 엄마를 두고 다투자 큰집으로 잠깐 데려다 키운다는 것이 중3 때까지 큰집에서 자라게 되었다. 나는 조부모 밑에서 유년기를 보냈는데, 부모와 떨어져 지냈다고는 하지만 한동네에 살았던 아버지가 나를 보기 위해 자주 큰집에 자주 들렀을 텐데도 아버지에 관한 기억이 없는 것이 늘 이상했다. 아버지가 나에 관해 얘기한 거라고는 먼 훗날 어머니로부터 전해들은 아주 짧은 장면에 불과하다.

아주 어렸을 적—아마 서너 살쯤 되었을 때—아버지가 마을

입구의 비탈진 고개를 오르고 있었는데 자전거의 안장 위에 앉혀 있던 내가 사위가 어둡고 고요해선지 갑자기 소스라치면서 아비의 품으로 기어오르더라는 얘기, 어린것이 어둠을 알아보고 무섬증이 심하더라는—그 정도가 아버지가 나에 대해 얘기했다는 유일한 이야기다. 그리고 내가 초등학교 저학년 때 '전쟁 유자녀'에게 구호품이 전달되었을 때 미제 크레용을 골라 든 내가 흥분해서 어머니에게 달려가 자랑을 하니 어머니는 다만 말없이 울고만 있었는데, 이는 아버지 때문에(혹은 나 때문에) 어머니가 우는 것을 처음 목격한 장면이었다.

아버지의 죽음과 관련한 이야기는 한국 전후소설의 한 전형적 장면이라 할 만하다. 전쟁이 시작된 지 얼마 되지 않아 남도의 오지마을에도 흉흉한 공기가 떠돌았다. 황순원의 어떤 소설의 서두에서처럼 마을 노인들은 사람들을 보자마자 담뱃대부터 뒤로 돌렸다. 지리산 구례 쪽에 거점을 둔 빨치산들과 연계했던 '반란군' 혹은 민간인 좌익들이 영암, 강진, 장흥 쪽에 득시글거렸다. 공비들과 군경들이 낮과 밤을 번갈아가며 우리 집 마당 가운데에 덕석을 깔고 둘러앉았다. 공비들은 쌀이나 미숫가루는 물론 집안의 가축들까지 차출해 갔다. 가족들이 공포에 떨면서 그들에게 밥을 지어 바치는 동안 나의 조부는 인근 장흥이나 보성 쪽으로, 두 아버지는 영암이나 강진

쪽으로 떠돌며 피신 생활을 계속하고 있었다. 남편은 어데 있느냐고 물으면 어머니는 장사한다고 집 나갔는데, 지금 목포에 있는지 서울에 있는지 모르겠다고 둘러댔다고 한다.

반란군들이 산으로 퇴각할 무렵, 강진의 인민위원회인지 어디로부터 인근 마을에 포고가 나돌았다. 처단한 반동들의 시신들을 성전초등학교에 갖다 놓았으니 가족들은 와서 보고 찾아가라는 것이었다. 인심을 잃지 않았으니 괜찮을 거라고, 그래도 지주의 아들들이니 어쩔까 싶다고, 마을 사람들의 위로와 걱정 속에 이런저런 소문이 바람결에 들려왔다. 무슨 예감 때문이었는지 나의 어머니는 가서 없으면 얼마나 좋겠느냐, 그래도 만약에 대비하자고 우기면서 성전행을 감행했다.

추석이 지났다고는 해도 햇볕은 따가웠고 가을 하늘은 청정한 가운데 어머니와 큰어머니 두 며느리는 인부 둘을 대동하고 성전학교로 향했다. 운동장 곳곳에는 학살된 시체들이 여기저기 널브러져 있고 두 어머니는 부패한 시신들 때문에 쑥으로 코를 틀어막고 운동장의 여기저기를 돌아다녔다. 운동장을 모두 돌면서 샅샅이 살폈지만 남편들의 모습은 보이지 않았다. 안도의 숨을 내쉬고 돌아서는 순간 동행한 인부 하나가 학교 창고 뒤편을 한번 둘러보자고 하였다. 없기를 바랐던 마지막 장소, 창고 뒤 담벽에 아버지와 큰아버지 두 형제가 나란히 기대어 있었다. 아버지는 머리에 큰아버지는 가슴에 총상을 입은 채였다. 구루마에 시신 두 구를 싣고 집으로 돌아오는 내내 멀리서부터 간간이 총성이 들려왔고 젊은 두 청상은 넋을 잃고 시체를 밀면서 걸었다. 아버지는 그때 스물아홉이었고 어머니는 스물여섯, 뱃속에는 유복자인 막내가 숨을 쉬고 있었다.

당시의 나의 아버지의 죽음은 불합리하고 터무니없는 것으로 기록될 것이지만 그의 죽음은 하나의 개연성은 갖추고 있었다. 빈농의 외아들이었던 조부가 맨손 출가하여 목포에서 재산을 모은 것이 그 시작이다. 조부는 목포에서 돈을 버는 대로 고향땅에 전답을 사들였는데, 마을의 많은 가구들이 우리집의 소작인이었다. 문제는 그가 금의환향하여 고향마을의 지주로 군림하면서부터였다.

나의 조부가 두 아들을 동시에 잃게 된 개연성은 동네 한 주민의 축출 사건으로 시작될 것이다. 술로 세월을 보내며 주막집에서 행패 부리던 한 부랑 주민을 나의 조부가 주동이 되어 동네에서 축출한 사건이었다. 그들이 솔가하여 동네에서 쫓겨난 지 수년 만에 6 · 25가 터졌고 쫓겨난 당사자의 아들은 인민위원회의 중요 간부가 되었던 것이다. 그들이 산속으로 퇴각하면서 나의 아버지 형제의 성분을 최종 조회하는 전화를 받고 "고향에 간 지 오래되어 잘 모르겠다"는 애매한 답변을 보냈다는 후문이었다. 집안이 인심을 잃지 않았다고는 하지만 완장 찬 그는 자신들을 동네에서 몰아낸 사람의 가족들을 살려내야 할 적극적인 의사는 없었던 것이다.

이 이야기를 상투적이지 않게 형상화할 방법에 대해서는 아직도 궁리 중이다. 어머니는 돌아가시기 전까지도 가끔 나에게 어디 가나 애비 없는 티 내지 말고 처신에 조심하라는 얘기를 하곤 했고, 생전에 자식들의 잘잘못을 칭찬하거나 비난할 때 늘 아버지의 그것에 빗대어 얘기했다. 아버지의 농업학교 시절의 성적증명서를 떼보거나 기타를 켜거나 축구를 하고 있는 학창시절의 사진들을 들여다보아도 내가 형상화하고 싶은 작품 속의 아버지의 모습은 아직 심미적 구조를 얻지 못하고 있다. 사실은 리얼하지만 상상력의 문제고 상상력이나 이념에 복무하자니 사실이 너무 범박하다. 중편『백치의 여름』(1991)에서 한 의식 있는 사회주의자로 변모시켜본 아버지의 모습은 민주화의 세력으로 묘사한 아들의 모습과 어느 정도 그 저항 세력의 승계가 오버랩될 수 있는지가 의심스러웠다.

아버지에 대해 무언가를 쓴다는 것은 여전히 허전하고 막연하다. 나에게 아버지는 안 계시기도 하고 부재하기도 하고 돌아가셨기도 하지만 모두 적절한 표현은 아닌 것 같다. 그는 나에게 계셨던 적이 없고 그의 죽음도 경험하지 못했으며 다만 내 존재의 근거로만 유추할 수 있을 뿐이다. 그러나 나의 지금의 어떤 상태는 아버지의 부재에 기인하는 것일지도 모른다는 생각이 들 때가 많다. 존경이나 사랑의 대상이기도 하고 원망이나 저주의 대상이기도 하고 슬픔이나 그리움의 대상이기도 할 세상의 아버지는 어떤 사람의 삶의 본문이기도 하고 참고문헌이기도 하고 때로는 잘못 인용된 각주이기도 할 것이지만, 그래도 나는 아버지라는 존재는 어느 쪽이든 기억이 없는 것보다는 있는 것이 낫겠다는 생각을 한다. 출처를 알 수 없는 어떤 허허로움 때문일 것이다. 다만 흔적으로만 존재하는 아버지, 마치 우리들의 엉치뼈 근방에 흔적으로만 퇴화하여 지금은 없는 꼬리처럼, 나에게 아버지는 마치 무신론자들이 자신들의 신의 부재를 얘기할 때만 존재하는 신의 존재와도 같다. 나에게 아버지는 하나의 풍문이다.

(2016)

조서

책을 묶을 때마다 함께 따르는 것은 즐거움과 고통이다. 즐거움은 그동안의 일의 성과 때문이고, 고통이란 그에 대한 불만 때문일 것이다. 이번에 책을 조금 두껍게 내는 것은 내가 이전에 책을 냈을 때보다는 조금 나이가 들었다는 것 말고는 다른 이유가 없다. 꿈을 잃어갈수록 여인들의 악세사리가 늘어나듯이 나의 어떤 감당할 수 없는 허기가 책을 이전 것보다는 조금 두껍게 하게 했다. 이 쑥스러움의 감정을 누군가가 그것은 당신의 죄의식 때문이 아니냐고 말을 고쳐주어도 나는 그것을 받아들이겠다.

이 책은 그러므로 내 문학의 유죄에 대한 변론이며 이 서문은 그와 관련한 조서(調書)이다. 문학선을 기획하면서 출판사 측은 작가 서문을 되도록 길게 써줄 것을 요구했다. 다만 나를 분리수거할 뿐이라 했더니 그렇다면 그동안 당신이 유기한 세월에 대한 어떠한 상상이나 억측도 감내해야 할 것이라고 했다. 다른 작가들의 책을 보았더니 다들 서론이 길었다. 그들도 나처럼 허기에 차 있었단 말인가?

고등학교 시절, 하숙집 딸에게 장문의 연애편지를 보낸 적이 있다. 어느 날 그 편지가 온 식구들에게 돌려가며 읽혀졌다는 사실을 알았을 때 나는 절망했다. 은밀하게 둘이서만 나누어 가져야 할 감정을 그녀는 전기세 고지서처럼 가족들에게 공람시킨 것이다. 그녀는 나를 위로했지만 나는 그녀를 용서할 수 없었다. 나는 오랫동안 하숙집 딸에게처럼 은밀하게 문학에게 구애했다. 문학은 가까이 다가갈수록 나로부터 도망쳤다. 그러나 나는 그로부터 등을 돌리지는 못했다. 적어도 그는 나의 구애를 공람시키지는 않았으며 도망치지만 따라오기를 은근히 기대하고 있는 듯했기 때문이다.

나는 문학을 좋아했다. 사랑했다고 말하고 싶지만 문학 때문에 자살을 기도한 적은 없으므로 그냥 좋아했노라고 고백하겠다. 그리고 나는 오랜 시간을 문학판 언저리에서 지냈다. 언저리는 겸양의 자리이면서 동시에 치욕의 자리이기도 하다. 많은 지인과 동료들이 프레스센터에서, 출판문화회관에서 ‘문학상’을 타고 인사동의 ‘이모집’에서 뒤풀이를 할 때, 나는 그들을 축하해주었지만 언제나 그들보다 먼저 취하고 말았으며 아랫배는 늘 아파왔다. 그러나 이제는 더 이상 나에게 아플 배는 없으며 그들이 내놓는 쉬어빠진 음식에 이제는 젓가락이 가지 않게 되었다. 다만 나의 배는 허기에 차 있을 뿐이며 무엇보다도 문학은 그들에게도 나에게서처럼 늘 아득한 거리 어디쯤에서 손짓만을 보내도 있을 것임을 나는 알기 때문이다.

문학에의 구애가 망설여질 때가 많았다. 구애의 대상은 늘 두렵기 마련인가. 중2 때 최초로 활자화된 글에 동리 선생의 칭찬이 떨어졌을 때는 나는 화가 지망생이었고, 데뷔작을 발표했을 때 나는 대학원에 다니고 있었다. 그림을 그리다가 글쓰기에 눈을 돌렸고, 글을 쓰기로 작정하면서 논문에 각주를 달기 시작했다. 딴전인가 한눈팔기인가, 내 생에 끼어들 어떤 절명(絕命)의 업(業)에 대한 막연한 두려움은 언제부터 생기기 시작한 것인지. 나는 지금도 문인과 학자 그 어느 쪽과도 화해를 못 하고 있다.

나는 허기(虛氣)를 일찍 배웠다. 도화지에 그림을 그리거나 공책에 무엇을 끄적거리지 않으면 안 되었던 소년 시절의 기억은 세월이 흘러도 더욱 뚜렷해지기만 한다. 그것은 허기 때문이었다. 우리 집은 부자였지만 나는 가난했다. 전쟁이 터져도, 두 아들이 한꺼번에 학살되어도 나의 조부는 그때 『삼대』의 조의관처럼 논이 많았고, 우유 한 모금을 위해 아이들이 운동장 끝까지 줄지어 서 있을 때도 나는 교실에 앉아 깨소금과 계란이 덮어진 '벤또'를 까 먹었지만, '전쟁 유자녀'에게 주어지는 구호품인 미제 크레용을 들고 기쁨에 차서 어머니에게 달려갔을 때 어머니는 다만 소리 없이 울기만 했고, '학원문학상' 트로피를 들고 자랑스럽게 어머니 앞에 섰을 때도 어머니는 "니가 할 이야기가 많은가 부다" 하고 쓸쓸히 웃기만 했다. 도화지에 그리거나 공책에 끄적거리지 않으면 안 되었던 나의 허기는 어느 해부터 문득 안 보이기 시작한 기억나지 않은 스물아홉의 사내와 제과점을 차린 스물여섯의 쓸쓸한 여인의 얼굴로부터 비롯되었던 것 같다.

광주의 고등학교에 진학해서는 『자유문학』이나 『현대문학』을 뒤적거리거나, 일금 천 원이면 영화 두 편을 관람할 수 있는 남도극장이나 천일극장을 전전했으며, 이 기간 동안 나는 하숙집에 들어앉아 서른두 통의 편지를 어머니에게 보냈다. 서울의 대학으로 유학을 와서부터는 나는 더 이상 어머니에게 편지를 쓰지 않았으며, 어느 해 겨울 청파동 하숙집의 기다란 골목 어귀에서 한 여자를 끌어안았을 때 나의 오이디푸스는 비로소 끝이 나는 듯했다.

나의 대학 시절 역시 고등학교 시절의 우울이 그대로 이어졌다. 대학에서는 문학은 책에서 배우는 것이 아니라는 사실을 알았고, 문단에서는 문학은 더 이상 나의 약속의 땅이 아님을 보았다. 안암동의 나의 대학 시절은 고즈넉하게 쓸쓸했다. 연말이면 돌림병처럼 찾아왔던 신춘문예에는 번번이 낙방했고 중세국어와 문법통론 수업은 학점이 F가 나왔다. 졸업이 다가오자 과의 친구들은 서두르기 시작했다. 정종 병을 들고 교수 자택을 방문하여 휘문고등학교나 동대문상고의 교사 자리를 노리는 축과 학과와는 아예 혈연관계도 없는 삼성물산의 입사원서를 들고 뛰어다니는 축들 사이에서 나는 진실로 난감하였다. 그 어느 쪽도 나에게는 형벌처럼 느껴지는 곳이었다.

나의 대학원 진학은 그러므로 나의 진로에 대한 결단의 소산이라기보다는 그것을 위한 시간 벌기의 도피처인 셈이었다. 대학원에서의 나의 조교생활은 송민호 교수의 연구실에 설렁탕을 배달시키는 일과 정한숙 교수의 원고 심부름을 하는 것으로 시작되었다. 김민수 교수는 시내에 외출 중이면서도 조교의 근무 상황을 체크했으며, 박병채 교수는 「高麗歌謠語釋硏究」의 교정을 나에게 맡겼다. 조지훈 교수가 마석에 묻

히던 날 무덤 속으로 함께 뒹굴던 왕학수 교수의 울부짖음 때문에 마침내 함께 울어버렸던 기억. 해마다 4월이면 "하얀 버선발로 내려선"(당시 오탁번의 시) 인촌 묘소의 목련과 눈을 찌르는 선홍빛 진달래꽃 아래 아무리 누워보아도 좀처럼 잠이 오지 않았던 그 '불면의 낮'에 대한 소슬한 기억. 『구운몽(九雲夢)』의 사상적 배경이 불교냐 유불도의 짬뽕이냐를 가지고 세미나를 벌이는 동안, 나의 아홉 개의 꿈은 서서히 작아지고 생략되고 마모되어갔으며, 서관의 시계탑은 새야 새야 파랑새야 녹두밭에 앉지 말라고, 스러지고 줄어 들어가는 나의 꿈을 달랬다.

거대한 시간의 톱니바퀴가 다소 바쁘게 회전하던 그 무렵의 나의 혼돈과 무질서와 절망의 그림자를 담은 것이 그해 겨울의 「외출(外出)」이었다. 이 작품은 친구들과 함께 떠난 야유회가 모티프가 되었다. 안단테 혹은 비바체로 다가오는 시간의 파괴적인 리듬에 대한 하나의 유추를 '발견'하는 이 이야기는 그 당시 나를 지배하곤 했던 시간의 문법이었다. 나는 그즈음 토마스 울프의 「천사여 고향을 보라」나 「그대 다시는 고향에 가지 못하리」 등에 보이는 세계에 동의하고 있었으며 이 작가의 짧은 생애에 대한 막연한 인인애(隣人愛) 비슷한 감정 속에 빠져 있었다. 시간은 그 당시 나에게 매우 난처한 존재―붙잡을 수도 냄새 맡을 수도 없는, 그러면서도 그 어떠한 일도 그것 밖에서는 일어날 수 없는 엄존하는 세계—의 하나였다.

문단에 이름을 올려놓고 몇 편의 작품을 발표하는 동안 나는 석사과정을 마쳤고 모교의 강의를 맡았다. 이후 여러 해 동안의 대책 없는 시간들과의 대치가 계속되었다. 낮에는 대학에, 밤에는 야간고교에 강의를 나갔다. 1970년대의 대학은 3선개헌과 7 · 4 공동성명과 10월 유신과 끊임없이 이어지는 반독재 항쟁과 데모 사태로 단 한 학기도 제대로 수업일수를 채운 적이 없었다. 개강과 동시에 데모가 시작되고 중간고사는 리포트로, 기말고사는 중간고사로 대체되었으며 무장군인은 대학에 천막을 치고 상주했고 교문은 그들에 의해 통제되었다.

억압과 감시, 수배와 투옥, 휴교와 휴업령으로 이어진 이 시기의 정치적 억압과 사회적 혼란은 1979년의 대통령 시해사건으로 종말을 고하는가 했더니 이내 1980년의 광주가 터졌다. 내가 대학생으로, 대학원생으로, 조교로, 시간강사로, 조교수로 지내온 이 기간은 나에게 상실감과 부끄러움으로 이어진 아픈 생채기 같은 세월이었다. 간밤에 내린 함박눈처럼 자유는 찾아왔지만 그것은 이내 5 · 16의 절망으로 이어졌고, 이후의 오랜 기간을 나는 좁은 하숙집 문간방에서 혹은 굳게

잠근 강의실 안에서 보내면서 나만의 광복절을 기다렸다. 영민하게, 혹은 한 마리의 생쥐처럼 비겁하게.

민주에의 갈증과 문학에의 허기를 나는 다만 기다림으로써 해결하려 했다. 질풍과 광기의 세월이 어떻게 문학과 예술에 박차를 가할 수 있는 것인지, 억압과 궁핍이 어떻게 자유와 풍요를 담보할 수 있는 것인지를 그때 나는 몰랐었다. 세계 속에서 시인은 영원히 미성년자로 남는다고는 하지만 내가 흘려보낸 삶의 초상은 역사의 음모와 기교가 빚어낸 환영에 비하면 초라하기 그지없었다. 나는 음모와 기교가 마침내 빠져들게 될 허무의 세계를 「수렁」을 통하여 형상화했고 되살아온 독재의 망령을 「미친개」로 현현시켰으며 「원무」에서는 기다림이 존재하지 않는 비속한 세계 속으로 질주해 가는 한 청년의 절망을 삶의 반복되는 춤에 빗대었다.

그리고 그것들은 모두 비유의 문법을 통해서였다. 상징과 알레고리는 수사적으로 강력하지만 이념적으로 나약하다. 시대가 어수선하고 현실이 억압만을 강요할 때 작가들은 간혹 아득한 과거의 시간 속으로 도망치고 말았던 사례를 우리는 가까운 문학사에서 여러 번 보아왔다. 지금/여기가 아닌 그때/거기로 도망쳤던 과거의 역사물에 나의 초기작을 비교하는 것은 적절치가 않지만, 그러나 내가 그려낸 서사의 상당 부분이 은유의 그물을 펼쳐놓고 있었음은 내 소설의 사회성보다는 형식성을 설명하기에 더 적합할 것이다. 서사적 질료가 현실에 개입하지 못하고 언어의 감옥에 갇혀 있을 때 작중인물의 행위는 현실의 구체적 상황이나 역사와 멀어진다. 작가의 개인적 상상력이 사회학적 상상력과 동기적 관련을 맺고 있는 소중한 순간은 어떤 작품에서나 쉽게 얻어지는 것은 아닐 것이다.

문학작품이 자기충족적인 텍스트의 하나라는 관점에 대해 동의할 수 없지만 그럼에도 불구하고 나는 그것이 문학에 대한 창작과 연구의 출발점이 되어야 한다는 생각에는 언제나 변함이 없다. 사회학적 상상력의 심미적 형상화란 이상적이지만 현실적으로 얼마나 어려운 명제인가를 나는 「벽」「겨울행」「임부」를 통해 확인하였다. 이데올로기나 관습의 벽이 어떻게 사람과 사람을 갈라놓고 있는가를 그리려 했지만 그 실효는 의심스러운 바가 있었고, 시대의 절망을 그리기에 겨울바다의 풍물과 삽화는 그 관계 설정에 무리가 있었고, 인습과 권위가 새로운 가치로 대체되는 과정을 그리기에 임부(姙婦)의 상징성은 추상화가 심했다. 대학 시절 강봉식, 여석기 교수의 영미 단편소설 강의에서 단편서사의 압축과 생략과 상징의 중요성에 경도되었지만, 실패한 시인이 단편을 쓰고 단편에 실패한 사람이 평론을 쓴다는 조이스의 농담이 지금까지도 나의 머릿속에는 진담으로 남아 있다.

오랜 강사 시절을 마감하고 대학의 전임교수가 되면서 나는 창작에의 각오를 새로이 했지만, 실제에 있어 쓰기보다는 읽기에 몰두하는 시간이 많아졌다. 「한국 근대소설 작중인물의 사회 갈등 연구」로 학위논문을 준비할 즈음 나는 에리히 아우어바흐를 만났다. 그가 보여준 『미메시스』의 텍스트와 컨텍스트의 상호성에 대한 면밀한 분석과 통찰은 나의 그동안의 창작과 비평의 제반 문제들에 대한 시원한 암시였다. 그것은 새로운 것은 아니었지만 중요한 것이었다. 문학작품에서보다는 그것을 읽어내는 방식에 대한 책에서 받은 감흥은 이후 나의 독서에 유의미한 해석적 관점을 제공해주었다.

언어적 문맥과 사회적 문맥의 상호성, 사회적 약호(code)로서의 소설에 대한 인식이 깊어질수록 나의 서사는 조금씩 풀어졌다. 「겨울나기」「밤의 소리」「줄칼」「백치의 여름」은 이야기를 풀어 써보려는 시도가 가미된 것들이었고 이야기가 조금 길어진 「백치의 여름」에서는 그 정도가 더했다. 단편서사는 오히려 시적 영역에 가깝다는 그동안의 생각이 역으로 확인되는 순간이었다.

문학 교수와 작가는 이혼하지 못한 부부처럼 불행한 관계라는 것을 나는 시간이 지날수록 실감했다. 예술이 쇠퇴할 때 학문은 번영한다고 했던가. 그렇다면 학문이 쇠퇴하면 예술이라도 번영해야 할 나에게는 그것이 찾아오지 않았다. 지식은 예술이 아니라는 것을 모르는 것은 아니지만 나는 대학에서의 나의 최소한의 의무 수행을 위해 연구비를 신청하고 논문에 각주 달기를 계속했다.

홍익대학교에서 모교 국문학과로 자리를 옮기고, 안식년이 되어서는 뉴욕의 콜럼비아대학이나 도쿄의 와세다대학, 제주대학에 방문, 교환교수로 나가 시간도 보내고 연구소 일도 맡아보고 문예창작과를 신설해 창작교실을 개설해보기도 하던 어느 해, 나는 문득 자신이 창작가가 아니라 문학의 향유자로서 있는 모습을 발견하고 새삼 놀라고 말았다.

도저한 문학의 침묵 앞에서 나는 한 마리의 애벌레처럼 왜소해지기 시작했다. 나의 강의는 조금씩 신명을 잃어가고 있었고 나의 글쓰기는 매번 컴퓨터 모니터의 커서처럼 깜박거리고 있기만 했다. 권태도 습관인가. 문학이 내린 나의 유죄 평결은 1990년대를 지나면서 그 혐의가 확실해졌다. 그리하여 작가란 고등고시의 산물이 아니라 천형(天刑)의 산물이라는 것, 소설은 생산하는 양식이 아니라 생산되는 양식이라는 것, 그러므로 작가는 모름지기 운명적 존재이지 않으면 안 되는 것이라고 학생들을 위협하기 시작했다. 이는 구애를 받아주지 않은 애인에게 퍼부어대는 저주였다. 그리고 나는 1998년에 나온 창작집의 서문에서 이렇게 자신을 변명했다.

> 여러 해 동안 소설을 못 쓰거나 안 썼다. 쓰는 일의 즐거움과 고통으로부터 도망쳐 소설의 문밖에 서 있었다. 이야기가 없어서가 아니라 이야기하는 방식들이 나를 그렇게 오래 서성거리게 만들었던 것 같다. 여기 모은 작품들에는 지난 시절의 열기와 생채기가 고즈넉이 배어 있다. 이런 형태로나마 나는 저 백치같은 세월들을 보듬고 있었나보다. 사람들이 상처에 대해 관심을 갖는 것은 그것을 치유하기 위해서라기보다는 아마도 함께 아파하고자 해서일 것이다. 우리들의 삶이 란어차피 이러한 상처들의 마주침과 다름없고 그 속에서 또한 사람들은 자기 존재의 근거를 찾을 수 있을 것이기 때문이다……. 이제 소설에 대해 어떤 신념은 갖지 않기로 했다. 신념이 늘 편견으로 변해버리곤 하는 삶의 아이러니가 재미있다.(『백치의 여름』, 나남, 1998)

나는 이렇게 소설의 문밖에서 오래 서성거리고 있었다. 망설임과 한눈팔기가 오래 지속되고 나는 죄의식의 무게를 감당할 수 없어서 스스로 처벌을 받고자 잘못에게 벌을 구하는 라스콜리니코프, 혹은 무엇 때문에 자신이 고발당한지도 모르고 자신의 생애와 과거를 돌아보며 자신의 죄를 찾아 헤매는 K처럼 다만 소설 앞에서의 나의 실존을 두려워하고 있었다. 2003년 추석을 지낸 며칠 후, 어머니가 떠났다. 어머니는 숨을 거둔 지 이틀 후에 암을 앓고 있던 둘째 아들도 함께 데려갔다. 어머니는 묻고 아우는 태웠다. 내 생애의 가장 길고 아득한 일주일이었다. 어머니를 떠나보내면서 나는 "오늘 아침 어머니가 죽었다. 수도원으로부터 온 그 전보는……."으로 시작되는 서양의 어떤 소설의 첫 대목을 떠올렸다. 나는 그때 시작과 끝을 짐작할 수 없는 어떤 이야기 하나가 안개 속을 헤치고 나에게 가까이 다가오는 소리를 들었다. 무언가를 그리거나 끄적거리지 않으면 안 되었던 허기의 시절, 나에게 문득 그 유년(幼年)이 찾아왔다.

(2004)